JACKSON,

ou

FOLIE ET SAGESSE,

SUIVI DE

DOUTES ET CRAINTES.

TRADUIT LIBREMENT DE L'ANGLAIS DE TH. HOOKE,

PAR M. ALPHONSE VIOLLET.

TOME SECOND.

A PARIS,

Chez DELAFOREST, Libraire, place de la Bourse,
rue des Filles-Saint-Thomas, n° 7 ;
LECOINTE et DUREY, quai des Augustins, n° 49 ;
CORBET, quai des Augustins, n° 61 ;
PIGOREAU, place Saint-Germain-l'Auxerrois.

1828.

JACKSON,

OU

FOLIE ET SAGESSE.

OUVRAGES NOUVEAUX

QUI SE TROUVENT CHÉZ LES MÊMES LIBRAIRES.

Résumé des Croyances et Cérémonies Religieuses de la plupart des peuples du monde, par MM. Alph. Viollet et Hyp. Daniel ; 1 vol. in-12. 3 fr. 50 c.

Les Amis du Grand Monde, roman traduit de l'anglais de Th. Hooke, par M. Viollet ; 2 vol. in-12. 5 fr.

IMPRIMERIE DE E. CHAIGNET,
A Rambouillet.

JACKSON,

OU

FOLIE ET SAGESSE,

SUIVI DE

DOUTES ET CRAINTES.

TRADUIT LIBREMENT DE L'ANGLAIS DE TH. HOOKE,

PAR M. ALPHONSE VIOLLET.

TOME SECOND.

A PARIS,

DELAFOREST, Libraire, place de la Bourse,
rue des Filles-Saint-Thomas, n° 7;
LECOINTE et DUREY, quai des Augustins, n° 49;
CORBET, quai des Augustins, n° 61;
PIGOREAU, place Saint-Germain-l'Auxerrois.

1828.

DOUTES
ET CRAINTES.

CHAPITRE PREMIER.

C'était un bien digne homme que
M. Grojan, maître de l'Aigle Impérial, hôtel situé dans une des plus
jolies villes de l'Angleterre, dont
nous devons taire le nom à cause des
événemens dont il fut le théâtre,
événemens qui font le sujet de cette
histoire, et qui sont rapportés avec
une trop scrupuleuse fidélité pour que
nous ne fussions pas exposés à être
taxés d'indiscrétion par les personnages qui y jouèrent un rôle, si nous ne

II   1

sentions pas la nécessité de nous soumettre à cette précaution délicate.

Nous serons loués et blâmés selon la diversité des caractères de nos lecteurs, à cause de cette circonspection, que les uns traiteront de faiblesse pusillanime, et que les autres appelleront discrétion bien entendue. Mais à quoi bon s'inquiéter de la différence des opinions.? Nous avons examiné impartialement cette question; nous l'avons envisagée sous tous les rapports; nous l'avons pesée, commentée, discutée, et nous nous sommes décidés ensuite d'après les lumières de notre raison. Pouvions-nous mieux faire? Nous le demandons à tout homme de bonne foi.

C'était pourtant à cet examen scrupuleux que le digne M. Grojan soumettait ses moindres actions.

Non moins sévère à l'égard de ses
hôtes, il ne montrait pas toujours,
comme le commun de ses confrères,
à la vue d'un brillant équipage, un
visage riant; il ne prodiguait point
ses soins empressés, ne faisait point
de révérences ni de courbettes, car
Grojan était dominé par une seule
idée fixe; la réputation de l'hôtel de
l'Aigle Impérial lui était aussi chère
que l'est à l'amant bien épris celle de
sa maîtresse; et pour rien au monde
il n'eût consenti à recevoir chez lui
des personnes capables de la compromettre. Décence, convenances,
bienséances, morale, honneur, c'é-
taient là les mots invariablement
employés dans chaque phrase de
M. Grojan; mais, par-dessus tout,
dominait le mot *principes*; c'était
son expression favorite. Avec cette

humeur rigide M. Grojan faisait-il de bonnes affaires ?

Excellentes, cher lecteur ; et puisque vous paraissez vous intéresser au sort de ce brave homme, vous saurez que, par une faveur spéciale de la Providence, se trouvait placé immédiatement au-dessus de lui un jeune homme alerte, vif, gai, souple, insinuant, complaisant, qui, en raison de ses bonnes qualités, devenait intermédiaire obligé entre les locataires de la maison et le scrupuleux Grojan.

Ce jeune homme, M. James Phillips, était, comme on l'aura déjà deviné, le *fac-totum* du digne aubergiste et son confident intime. Ce fut, grâce à cette dernière qualité, que le 17 du mois d'août 1824, M. Grojan, tenant une lettre à la main, pria

M. James Phillips de passer dans
son cabinet.

« Sans doute, quelques bonnes
nouvelles, Monsieur ? dit James en
se frottant les mains à la vue de la
lettre.

— » Des nouvelles importantes,
dit Mathieu. Vous souvenez-vous,
James, de lady Almeria Milford,
qui était ici l'été passé ?

— » N'est-ce pas cette énorme
vieille femme à la pelisse de velours
bleu ?

— » Taisez-vous, James, dit Grojan, sa Seigneurie est la perle de la
noblesse.

— » La perle tant qu'il vous plaira, répliqua Phillips ; mais c'est bien
la plus commune.....

— » James, interrompit Grojan,
ne parlez point ainsi : vos paroles

sont malséantes..... Nous ne sommes point juges compétens de la haute éducation et des belles manières : n'avez-vous jamais lu que la sublimité approche de l'enflure ?

— » De quoi, Monsieur ? dit James.

— » Je veux dire que l'orgueil expose au ridicule, dit son maître. Les mêmes manières que nous traitons de communes dans une personne de bas étage, prennent le titre d'aisées et de familières chez une personne de distinction ; épargnez-moi donc vos remarques, et répondez à ma question. Vous souvenez-vous de lady Almeria Milford ?

— » Si je m'en souviens, Monsieur ! Croyez-vous donc que dans le poste que j'occupe, poste qui me met à même de voir tous les jours

cinquante visages différens , on n'ac-
quiert pas.....

— » Mon Dieu, Phillips, je ne
doute point de votre mémoire; mais
laissez-moi parler, de grâce, dit
Grojan, autrement nous ne verrons
jamais la fin de cette conversation ;
et, pour votre instruction, il est bon
que vous sachiez que j'ai toujours
tenu pour certain qu'un auditeur est
extrêmement agréable dans la société, et que ce personnage, quand
on n'est que deux, est vraiment inap-
préciable. Sa Seigneurie, James, me
mande de lui préparer un appartement à l'insu de son fils, qui, comme
vous savez, est au nombre des habitans de ma maison.

— » Ah! dit Phillips malignement, j'en conclus qu'elle a eu vent
de la petite intrigue d'amour qui

s'est établie récemment entre le jeune homme et la jolie demoiselle Rose-more.

— » Une intrigue, Phillips ! et une intrigue d'amour dans ma maison ! Je ne sais rien de cette affaire, absolument rien ; je ne veux même rien savoir à ce sujet. Toute ma vie, Phillips, j'ai été l'esclave des convenances, et tant que mes hôtes acquitteront leurs mémoires, je n'ai point le droit de me mêler de leurs affaires. Je ne crois pas, et je suis déterminé à ne pas croire que des gens comme il faut, qui me paient argent comptant à l'hôtel Impérial, et sans jamais demander de diminution sur leurs comptes, puissent tenir une conduite répréhensible.

— » Peut-être me trompé-je, dit

James craignant d'avoir parlé trop
librement ; mais il est certain que j'ai
entendu dire que sir Arthur Dartford.....

— » Là ! là ! encore une fois, s'é-
cria l'hôte irrité, vous allez vous
émanciper. Je voudrais pour beaucoup que sir Arthur Dartford ne fût
plus dans ma maison ; je n'ai jamais
vu d'homme aussi terrible que celui-là.

— » Un homme qui....., dit Phillips.

— » Croyez - vous donc que je
ne connaisse pas le personnage ,
interrompit Mathieu. Véritable serpent, il répand son venin sur tout ce
qui l'approche. Amis, ennemis, jeunes, vieux, hommes, femmes, tout
est immolé à sa rage médisante ; et
s'il arrive que ses meilleurs amis, ses

connaissances les plus intimes soient
assez peu raisonnables pour se fàcher
de ses plaisanteries, rien ne lui paraît plus simple que de leur passer
une balle à travers la tête.

— » Et cependant, Monsieur, dit
James d'un ton de voix plein de douceur, car il voulait persuader son pa-
tron en lui parlant en faveur du chevalier dont la générosité lui avait
gagné le cœur, et cependant toutes
les femmes sont folles de lui.

— » Les femmes! dit Mathieu.

— » Mon Dieu, Phillips, aurez-
vous donc toujours la fureur de mêler les sexes jusque dans la conversation? je vous répète que je ne fais
point de différence d'un monsieur à
une dame, du moment qu'ils sont
logés dans mon hôtel, pas la moindre différence : que m'importent leurs

inclinations, leurs préférences, leurs goûts, leurs..... Est-ce à moi de m'occuper de ces choses-là ? Vraiment, j'aurais bonne grâce d'en agir autrement. Pourvu que les bienséances ne soient point blessées..... d'ailleurs ce ne serait point dans mes *principes*.... je ne veux même rien entendre à ce sujet. Débouchez vos bouteilles, Phillips, et, si vous avez quelque égard pour moi, vous tiendrez à l'avenir votre bouche close sur cette matière délicate ; surtout si le jeune M. Milford vous fait quelques questions, ne vous avisez pas de dire que Lady Almeria est ici.

— » Fiez-vous à moi, Monsieur, dit Phillips. »

Dans ce moment un violent coup de cloche annonça l'arrivée de quelque voyageur, et telle est la force

de l'habitude, que James se mit à
descendre précipitamment l'escalier
qui conduisait à la salle de récep-
tion, laissant son maître au milieu
d'une savante dissertation sur les
avantages de la discrétion.

Mais à peine le bonhomme s'aper-
cevait-il de l'inutilité de ses frais
d'éloquence, qu'il vit accourir son
fidèle Phillips qui lui annonça en entrant Lady Almeria en voiture à qua-
tre chevaux, nouvelle qui flatta de
la manière la plus agréable les oreil-
les du maître de l'hôtel Impérial;
car bien que sa Seigneurie fût telle
que l'avait dépeinte l'observateur
Phillips, et qu'on pût lui reprocher
en outre d'être hautaine, colère, et
d'une impertinence achevée, elle ne
laissait pas que d'être aux yeux de
Grojan une pratique fort désirable,

car elle payait largement, et de plus elle était fille d'un comte anglais ; c'étaient là deux grandes considérations qui, selon M. Grojan, devaient à-la-fois soutenir la réputation de l'hôtel Impérial, et enfler les poches de son honnête propriétaire.

« Julia, Francis, George, Simon, s'écria Mathieu en apercevant la comtesse accompagnée de garçons et de filles d'hôtel qui pliaient sous le poids d'une énorme quantité de paquets, de malles, de boîtes de toute espèce ; venez tous ici, vous dis-je ; il n'y a pas un moment à perdre. Par ici, Madame la Comtesse ; par ici, ajouta l'officieux Grojan en adoucissant l'éclat de sa voix ; permettez-moi, Madame la Comtesse, de vous conduire moi-même à l'appartement que je crois avoir préparé de manière à seconder votre désir de ne pas être reconnue dans mon hôtel.

— » Eh ! bien, Monsieur, s'écria sa Seigneurie qui n'avait fait nulle attention à ce petit discours, le maître de poste du dernier relais est un fier animal !

— » Animal ! Milady, dit Grojan.

— » Animal, M. Grogram, dit Lady Almeria.

— » Grojan, s'il plaît à votre Seigneurie, dit Mathieu.

— » Eh ! bien donc, Grogrum, dit sa Seigneurie, il m'a donné trois chevaux aveugles et un boiteux, et il est résulté de cette monstrueuse association, que ses scélérats de postillons ont versé ma berline vert-olive nouvellement peinte, dans un bourbier ; que mes perruches ont été effrayées, mes panneaux brisés, et mes armes mises en pièces.

— » Dieu nous soit en aide, Milady, s'écria Grojan qui n'était pas plus fort sur le blason que ne l'étaient les devanciers de Henri l'Oiseleur, et que le mot armes avait jeté dans une profonde consternation. Peut-être que Milady est blessée..... enverrai-je chercher un médecin, Milady ?

— » Un médecin ! s'écria sa Seigneurie, un carrossier ferait bien mieux mon affaire : je ne veux parler que des armes qui sont peintes sur les panneaux de ma voiture.

— » Oh ! dit Mathieu, j'entends, Milady (mais rien n'était moins vrai que cette assertion).

— » Approchez-vous, Grogrum,
dit Lady Almeria.

— » Grojan, Milady, dit Mathieu
du ton le plus insinuant.

— » Vous savez, Grojan, que
chacun a ses peines, et que, dans les
familles les mieux réglées, la sage
prévoyance des parens est une bien
faible barrière contre les folles pas-
sions des enfans.

— » Assurément, Milady.

— » Voulez-vous m'écouter ?

— » Sans doute, Milady, c'est
exactement ce que je dis toujours
aux autres, dit Mathieu.

— » Eh ! bien, bonhomme, que
vos œuvres soient donc selon vos
paroles, dit la noble dame; avez-
vous pris vos mesures pour que mon
fils ignore mon arrivée ?

— » Milady, dit Grojan, toutes les mesures possibles.

— » Maintenant, dites-moi, brave homme, continua sa Seigneurie du ton de l'inquiétude, n'avez-vous pas quelques dames dans la maison ?

— » Quelques-unes, répliqua Mathieu d'un ton triomphant, quelques-unes, Milady ; je crois, en effet, que j'en ai quelques-unes. Il y a Mme Tidmash, Lady Wagstaffe, mesdames Hinde, Squashe, Rosemore ; mesdames Spike, Lady Lucy Dawdle, et la comtesse de Brentford ; mesdemoiselles Hinde, Tidmash, deux Wagstaffe, trois Squashe, une Rosemore.....

— » Ta, ta, ta, ta, Grojan, quel flux de paroles ! s'écria Lady Almeria ; donnez-moi le temps de respirer et de vous faire une question.

II   1...

Terminez là votre vocabulaire, et
dites-moi qui sont ces Rosemore ?

— » Hélas ! Milady, dit Grojan,
en s'inclinant profondément, l'histoire ne m'en a rien appris.

— » Ce sont d'étranges personnes,
sans doute ? dit sa Seigneurie.

— » Je ne sais, Milady, répliqua
l'hôte, mais elles ont des manières
bien distinguées.

— » Distinguées ! dit Lady Almeria; il s'agit bien de distinction ! Sont-
elles nées, Monsieur ? répondez.

— » Nées ! dit Grojan étonné ;
oh ! mais oui, Milady, je vous assure
que je les vois tous les jours, et
qu'elles sont pleines de vie.

— » Je vois, dit Lady Almeria,
que vous ne me comprenez pas. Ce
sujet m'occupe beaucoup. Je vou-

drais savoir si elles sont *quelque chose* ou *rien*.

— » Bon Dieu, Milady, dit Grojan, je ne sais vraiment ce que veut dire votre Seigneurie; mais je suis porté à croire qu'elles sont quelque chose. »

Le ton dont ces derniers mots furent prononcés convainquirent Lady Almeria que ses questions avaient été mal interprétées.

« C'est réellement la position la plus singulière, la plus absurde..... me voilà forcée par les circonstances à vous faire mon confident.

— » Certainement, Milady, dit Grojan; rien contre mes *principes*, sans doute..... je.....

— » Dieu vous bénisse, dit Lady Almeria; croyez-vous que dans ce moment j'aie le loisir de m'occuper

de vos principes. Allons, tâchons
de nous mieux entendre, ajouta
Lady Almeria; je crois que le petit
dieu malin a fait à mon fils une bles-
sûre assez profonde.

— » J'espère que non, Milady.....
à moins que ce ne soit depuis déjeuner... peut-être ce diable d'officier
de dragons.......

— » Dragons ! s'écria sa Seigneurie; je vous dis que ce sont les yeux
brillans de cette petite Rosemore....

— » Là ! maintenant ce sont les
yeux de cette innocente créature, dit
Grojan, qui auraient blessé M. Milford... Je n'y comprends rien, je vous
jure.

— » Et je crains de plus, continua sa Seigneurie, que Henri ne se
soit tellement épris de cette petite

fille qu'à la fin il ne l'épouse , Monsieur Grojan.

— » J'espère que ce mariage-là aura lieu, Milady , dit Grojan; ce serait très sortable.

— » Sortable ! s'écria Lady Almeria. Qu'entendez-vous par sortable ? Le sang des Milford se mêlerait à celui de ces femmes de rien ! Mais il faut prévenir la ruine d'une famille, d'une grande famille, Grojan, et vous pouvez contribuer singulièrement, par votre zèle, à l'exécution de mes projets. Vous savez, Grojan, que je suis venue ici pour faire surveiller d'une manière active toutes les démarches de mon fils. Je veux savoir quand il va voir ces femmes-là combien durent ses visites, et s'il aime assez cette petite Rosemore pour désirer l'épouser.

C'est vous, Grojan, qui m'instruirez
de toutes ces choses.

— » Mais, Milady, dit Mathieu
révolté de la proposition, je ferais
tout pour obliger une dame, et surtout votre Seigneurie; mais je.....
je... ne puis consentir à être espion.

— » Oh! oh! vous avez des principes, dit Lady Almeria; c'est excellent; mais vous verrez bientôt que
des gens qui sont plus que vous ne
sont pas si scrupuleux. Et dites-moi,
Grojan, parmi les hommes qui vivent ici, en est-il que l'on connaisse?

— » Mais, Milady, dit Grojan,
il y a d'abord lord Killmedead.

— » Quoi donc! l'homme à l'œil
de verre? dit sa Seigneurie.

— » Précisément, Milady; ensuite il y a l'alderman Squashe de

Londres..... il est marié; il y a sir
Guy Claret...... il est vieux; ensuite
il y a deux capitaines à la demi-
solde au troisième étage, noms in-
connus; ils dînent dans la salle de
café, et sont aussi étrangers aux habitans de mon hôtel que je le suis
au grand Turc ou au grand Mogol;
ensuite il y a sir Arthur Dartford.

— » Sir Arthur est-il donc ici ?
s'écria sa Seigneurie, ravie à cette
nouvelle inattendue ; mais ce sera
charmant..... Quel premier ministre
je vais avoir là !

— » Ministre ! Milady, dit Mathieu en levant les yeux vers le plafond; il n'est pas plus fait pour être
ministre que moi : c'est.....

— » C'est bien l'homme le plus
extravagant, le plus étourdi de la
terre, tour-à-tour gai comme un en-

fant de seize ans, grave comme un Caton, l'être le plus original, le plus dépravé , le plus indiscret ; mais quelle belle âme !..... Dites-moi , sa femme est-elle avec lui ?

— » Sa femme ! s'écria Grojan du ton de l'étonnement le plus marqué ; sa femme ! ah ! mon Dieu non, nullement, en aucune façon, Milady.

— » Ah ! j'oubliais, dit Lady Almeria, j'oublie toujours les affaires de famille..... Ils ont été séparés pendant quelque temps; ils ne se convenaient pas ; c'était une excellente femme, autant que je m'en souviens; très douce..... Mais pour revenir à notre sujet, dites-moi, Grojan, si Sir Arthur Dartford est lié avec ces dames auxquelles mon fils rend des soins si assidus ?

— » Non que je sache, Milady, dit Grojan. »

Et cette réponse négative fut pour Lady Almeria une preuve indubitable que ses soupçons n'étaient pas mal fondés ; il était clair que ces femmes-là n'étaient *rien*, puisqu'elles n'étaient pas connues de l'aventureux baronnet.

« Eh ! bien, dit sa Seigneurie, procédons à mon installation, et d'abord montrez-moi mon appartement en détail, et que l'on enlève du carrosse, avant qu'il soit conduit à l'écurie, tous les objets qu'il renferme.

— » Votre Seigneurie a-t-elle encore beaucoup de bagage ? demanda Grojan.

— » Pas beaucoup, répliqua Lady Almeria. Il y a mon pupitre à écrire, six cartons, deux cages où sont mes

II   2

perruches, trois télescopes et ma
chambre obscure, mes manteaux et
mes parasols, un métier à broder,
mes livres de musique, deux épagneuls, ma femme de chambre et
Mlle Leech.

— » Mademoiselle Leech! s'écria
Grojan; n'est-ce pas cette dame,
Milady, qui maintenant se tient assise
dans votre voiture?

— » Ce n'est pas précisément une
dame, M. Grojan, dit sa Seigneurie;
c'est une très bonne fille, assurément..... une humble amie..... vous
entendez.....

— » Certainement, Milady, dit
Grojan.

— » Mademoiselle Leech, continue
sa Seigneurie, est une personne fort
bien élevée; elle écrit mes lettres et
mes billets d'invitation, gronde ma

femme de chambre quand il fait trop chaud pour que je puisse me le permettre, lit le *Morning-Post*, fait le thé, frise mes épagneuls, me sert comme de chaperon quand j'ai des réunions d'hommes, et monte derrière ma berline. Ha! dit sa Seigneurie, la voici qui vient. »

En effet c'était Mlle Leech, qui, depuis une demi-heure, recevait d'aplomb sur la tête les rayons d'un soleil brûlant; et qui pendant toute cette conversation avait été obligée de tenir constamment ses yeux fermés pour éviter d'être aveuglée par les tourbillons de sable qu'un vent violent venant de la mer poussait avec force contre sa figure. Elle imagina alors fort heureusement que sa chère Seigneurie l'avait oubliée, et, soutenue par cette idée, elle se dé-

termina à descendre de la voiture,
puis elle se dirigea vers l'hôtel, accompagnée de Cruikshanks, la femme de chambre de sa noble patrone.

« Ma chère Leech, dit Lady Almeria, je vous demande pardon, je
vous avais réellement oubliée... avez-
vous froid, ma chère ?

— » Oh! non, Milady, dit Mademoiselle Leech, au contraire !

— » Je crois qu'il fait très chaud
aujourd'hui, Leech ? dit sa Seigneurie.

— » Une chaleur étouffante, Milady, dit Leech.

— » Au soleil, mais diablement
froid à l'ombre, dit sa Seigneurie.

— » Extrêmement froid, vraiment, Milady, dit Mlle Leech.

— » Je crains de vous avoir rete-
nue long-temps, dit Lady Almeria.

— » Pas cinq minutes, Milady,
dit Mlle Leech.

— » Eh ! bien, continua Lady
Almeria, en se tournant vers Grojan,
montrez-nous notre appartement ; »
et ensuite s'adressant à son officieuse
compagne, elle lui demanda si elle
ne ferait pas volontiers un second
déjeuner.

« Je crois qu'un second déjeuner
serait extrêmement agréable, dit
Mlle Leech, dont l'appétit était
effroyable.

— » Pour moi, je ne déjeune jamais deux fois, j'abhorre un second
déjeuner, dit Lady Almeria ; je vous
prie, M. Grojan, de faire venir quelque chose pour Mlle Leech.

— » Oh ! vraiment pas pour moi,
Milady, dit Mlle Leech ; je n'ai pas
le moindre appétit, Milady.

— » Je crains que vous ne vous trompiez, répliqua sa Seigneurie ; vous avez été accoutumée à dîner de bonne heure, je pense.

— » Oh ! vraiment, Milady, rien pour moi, je vous assure, dit mademoiselle Leech.

— » Eh ! bien donc n'en parlons plus, M. Grojan, dit sa Seigneurie, » et les deux dames firent leur entrée dans l'appartement qui leur avait été préparé par les soins empressés du digne maître de l'hôtel Impérial.

CHAPITRE II.

PENDANT que Lady Almeria et sa fidèle compagne s'occupent sans doute des détails de leur installation définitive, jetons un coup-d'œil sur d'autres personnages dont nous avons déjà entendu beaucoup parler, mais qui n'ont point encore paru devant nous. Le jeune Henry Milford, par exemple, fils de Lady Almeria, comment se trouve-t-il le compagnon assidu de Mme Rosemore et de Mlle Maria Rosemore? Comment se fait-il que cette dame Rosemore souffre si patiemment les assiduités de Milford auprès d'une jeune

personne charmante? Ah! comment?
s'écriera à ce passage une de ces mè-
res mondaines dont l'idée dominante
est l'établissemeut de leurs filles. Ces
deux questions sont bien simples :
d'abord, quant à la première, on
peut la regarder comme insignifiante,
car qu'importe au lecteur que Milford
ait vu son adorable amie au théâtre,
à la promenade ou au bal; et pour la
seconde, il ne faut pas, ce semble,
une grande dose de sagacité pour
voir, clair comme le jour, que cette
dame Rosemore se flatte secrètement
qu'en accueillant gracieusement les
soins du jeune homme, le jeune
homme ne laissera pas s'écouler un
seul jour sans rendre visite à ces dames, que l'habitude fortifiera une
passion naissante, et enfin que les
choses en viendront au point que sa

fille deviendra tout naturellement comtesse de Milford.

C'est fort bien développer un plan sans doute ; il est fâcheux seulement d'ajouter que ces vues mercenaires attribuées à Mme Rosemore sont purement gratuites. Quant à sa fille, si la fortune était de quelque prix à ses yeux, ce n'était que pour en faire un noble usage.

Cette aimable personne était blonde ; ses yeux étaient bleus et d'une douceur inexprimable ; sur sa physionomie était répandu un tel air d'innocence et de timidité qu'on eût pu la prendre pour un être d'un autre monde.

Brune piquante, vive, enjouée, joignant à l'élégance des manières les agrémens d'un esprit cultivé, Mme Rosemore, à trente-six ans, réunissait en sa personne, au plus haut degré, les avantages d'une éducation très soignée aux charmes d'une figure remarquable.

Telles étaient les femmes dans la société desquelles Henry Milford passait tous ses instans, sans avoir à craindre qu'on ne mît un terme à ses assiduités ; car il avait fait à Mme Rosemore l'aveu du tendre sentiment qu'il éprouvait pour sa fille, et cette excellente mère, qui trouvait en lui toutes les qualités qu'elle pouvait désirer dans un gendre, lui avait sinon promis la main de l'objet de son amour, du moins lui avait fait entrevoir qu'un jour elle pourrait combler tous ses vœux.

Que Lady Almeria, à la nouvelle de la liaison intime que son fils avait formée avec les dames Rosemore, eût été fort contrariée, rien de bien surprenant; mais quand il lui fut rapporté que la mère et la fille vivaient dans la plus complète solitude; qu'au milieu des fêtes qui se succédaient rapidement à l'hôtel Impérial, elles conservaient toujours leurs habitudes sédentaires, et que même elles poussaient si loin la manie de ne se montrer à personne, qu'il n'y avait pas d'exemple qu'on les eût jamais vues ni dans les rues ni dans les promenades, elle fut saisie d'un effroi mortel.

Henry lui-même, malgré son amour, avait eu beau se creuser la tête pour trouver quelques raisons qui justifiassent cet amour excessif de la solitude, n'avait fait que s'alambiquer la cervelle, sans obtenir aucun résultat satisfaisant. Encore

se fût-il consolé de cette stérilité
d'imagination , si les inquiétudes
auxquelles elles le laissaient en proie
n'avaient pris un caractère plus grave depuis qu'il avait fait la connaissance de Sir Arthur Dartford , le
même personnage sur le compte duquel Lady Almeria a déjà donné son
opinion à M. Mathieu Grojan , opinion , au reste , en tout conforme à
la vérité , si l'on y ajoute qu'il était
animé d'un esprit de dénigrement
impitoyable.

Il censurait également les hommes
et les femmes qu'il ne connaissait
pas, critiquait les livres qu'il n'avait
jamais lus, et dépréciait le mérite de
tableaux sur lesquels il n'avait même
jamais jeté les yeux. De plus, conteur
habile , les anecdotes du jour acqué-
raient un charme indéfinissable dans

la bouche de ce dangereux satyrique,
qui ne s'était jamais fait le moindre
scrupule de blesser des réputations
méritées, pourvu qu'il excitât le rire
de ses auditeurs.

Auprès du beau sexe, ses hommages étaient si délicats! ses soins si
assidus! il montrait tant de douceur!
un intérêt si tendre! ses paroles
étaient toujours si bien appropriées
à la circonstance! Et si vous joignez
à tout cela une figure martiale, des
favoris noirs comme de l'ébène, et
cinq ou six décorations de différentes
couleurs, vous ne douterez guère
que Sir Arthur Dartford, malgré
tous ses défauts, ne fût le favori des
belles.

Ce fut dans la société de cet aventureux chevalier qu'un après-dîner
la patience de notre jeune héros fut

mise à une bien rude épreuve. La
conversation étant tombée sur les
femmes, Sir Arthur émit ses opinions sur leur compte avec une grande liberté ; et, passant du général au
particulier, il crut devoir faire quelques remontrances à Henry, quoique
leur connaissance ne datât que de
quelques jours, sur l'indiscrétion de
sa conduite à l'égard des dames Rosemore. Selon lui, le jeune homme
avait fait preuve d'une légèreté exces-
sive en se liant avec des femmes
inconnues, et dont le singulier genre
de vie devait exciter la défiance. Enfin
la hardiesse de ses propos fut telle,
que Milford, perdant toute patience,
laissa échapper quelques paroles qui
ressemblaient assez à un défi.

Le lendemain matin cependant
Henry ne s'en rendit pas moins chez

Mme Rosemore, pour y déjeuner comme à l'ordinaire, car il savait que le baronnet n'était pas homme à sortir de sa chambre avant que le soleil ne fût déjà avancé dans sa carrière. Il y parla beaucoup de son avenir et de celui de Maria, traça plusieurs plans de vie également enchanteurs, et après les plus belles dissertations sur le printemps, la sympathie et la constance, il s'aperçut qu'il était une heure. Il prit alors son chapeau, salua ces dames, et se rendit à l'appartement de Sir Arthur à une heure.

« Je suis très fâchée, dit Mme Rosemore à Maria, comme Henry quittait la chambre, je suis très fâchée que Milford ait eu cette sotte altercation hier au soir avec Sir Arthur.

— » Et moi, dit Maria, je ne vois

pas avec moins de peine qu'il puisse
continuer de cultiver la connaissance
d'un tel homme. Il est assez sensé
pour voir les vices du baronnet, et
rire de ses extravagances, et cependant il nous quitte ce matin à cause
de lui. Sa société ne lui est donc
pas désagréable.

— » Vraiment, Maria, dit Mme Rosemore, vous ferez bien de vous ha-
bituer de bonne heure à voir sans
regret comme sans murmure Milford
quitter momentanément votre société.

— » Mais, ma chère maman, s'é-
cria Maria, c'est ce que je ne saurais
jamais faire.

— » Hélas ! mon enfant, dit
Mme Rosemore, je pensais comme
vous..... le mariage a été pour moi
une rude école..... J'espère que dans

l'union que vous êtes sur le point de contracter, vous trouverez le bonheur que n'a point connu votre mère. -

— » Mon père revient donc bientôt ? s'écria sa fille.

— » Plus tôt, peut-être, répliqua Mme Rosemore, que vous ou Milford ne vous y attendez.

— » Vraiment ! s'écria la charmante fille ; je verrai donc mon père ! je me suspendrai à son cou ; il m'appellera son enfant et me bénira !..... Mais non, continua-t-elle tristement, il ne me reconnaîtra pas..... j'étais si jeune lorsqu'il nous quitta ! »

Mme Rosemore s'aperçut de la forte émotion qu'éprouvait sa fille ; elle lui prit la main, et la pria d'attendre le développement de certaines circonstances.....

« Dites-moi, dites-moi seulement,

II   2...

s'écria Maria en sanglottant, quelles sont ces circonstances.

— » Je ne puis rien vous dire à ce sujet, ma chère enfant..... Il y a des secrets.....

— » Avez-vous donc des secrets pour moi qui n'eus jamais d'autre confidente que vous ! dit Maria.

— » Chut ! chut ! dit Mme Rosemore, quelqu'un vient, courez dans votre chambre pour y cacher vos larmes.

— » Mais vous, ma chère maman, vous pouvez les empêcher de couler, dit la jeune fille en continuant de pleurer. »

Mais sa chère maman était décidée à retarder toute explication ; elle poussa doucement sa fille dans la chambre voisine, et se prépara à recevoir une visite qui lui était annon-

cée par un triple coup à la porte.
Elle supposa que ce pouvait être
M. Mathieu Grojan, et en effet la
porte en s'ouvrant lui découvrit
l'honnête figure du respectable maître de l'hôtel Impérial.

« Madame, dit-il en entrant avec
la plus grande précaution, et en parlant de manière à être entendu avec
peine, j'espère que je ne vous suis
point incommode..... (ici il ferma
soigneusement la porte et sans bruit);
mais..... j'ai un mot à vous dire en
particulier.

— » A moi, Monsieur ? dit la
dame.

— » Oui. Excusez la singularité
de cette démarche, dit notre hôte;
je..... je suis dans un embarras.... je
me suis chargé d'un message pour
vous, d'un message que pour rien au

monde je n'aurais voulu entrepren-
dre; mais il ne s'agissait de rien moins
que de ma vie..... Je crois cependant
que je dois vous dire qu'il me semble
pécher contre la bienséance.

— » Fi donc ! Monsieur Grojan,
dit Mme Rosemore avec malice ; je
suis fâchée de vous entendre parler
ainsi.

— » Eh ! bien, Madame, vous saurez donc, dit Grojan, que nous avons
dans la maison un Sir Arthur Dartford.....

— » Eh ! bien ? dit Mme Rosemore.

— Eh ! bien ! Madame, dit Grojan,
il désire faire votre connaissance.

— » Vraiment ! dit la dame ; et à
quel titre ?

— » A quel titre ? répéta Grojan ;
ah ! je vois que vous ne connaissez
pas Sir Arthur ; il ne s'arrête pas à

des bagatelles..... il dit seulement que comme vous ne sortez pas, que vous ne faites de visites à personne, et qu'il aime singulièrement les plaisirs domestiques, il.....

— » Mais il ne m'a pas vue, n'est-ce pas ? interrompit la dame.

— » Je ne crois pas, dit Grojan ; mais cela lui est parfaitement égal.

— » Est-il marié ? demanda Mme Rosemore.

— » Non pas précisément, Madame, dit Grojan : la jolie vie que mènerait sa femme, s'il l'était.

— » Pourquoi ?

— » Pourquoi ? Madame, dit Grojan ; c'est qu'il est si emporté, si violent, qu'il y a tout à craindre de son humeur. Rien que la peur d'avoir les jambes cassées ne m'aurait déterminé à m'acquitter du message dont je suis chargé ; et puis il me vint dans l'esprit que je pourrais vous être utile en vous mettant sur vos gardes..... Oui, Madame, mes aveux vous sauveront peut-être.

— » Sommes-nous donc dans un si grand danger ? Monsieur Grojan.

— » Le plus grand danger du monde, Madame, dit Grojan ; car c'est, Madame, ajouta-t-il en baissant la voix, un véritable serpent à sonnettes..... il fascine les femmes, et..... ensuite..... voyez-vous, Madame..... Mademoiselle est aux environs de dix-sept ou de dix-huit ans ; et..... ne voyez-vous pas maintenant ce que je veux dire ?

— » Pas exactement, je l'avoue, Monsieur Grojan, dit Mme Rosemore.

— » Un mot de lui, Madame,

cause une ruine inévitable, continua son panégyriste : filles, femmes ou veuves, tout lui est bon. De grâce, Madame, prenez mon avis, tenez-vous sur vos gardes.

— » Savez-vous, Monsieur Grojan, que j'ai tant de confiance dans la solidité de mes principes, que je serais bien aise de voir ce redoutable personnage.

— » Pour Dieu! ma chère dame, n'en faites rien, s'écria Grojan dans la plus grande agitation.

— » Vous êtes bien circonspect, dit Mme Rosemore.

— » Non, Madame; mais ce serait blesser mes principes que.....

— » Malgré vos principes, faites savoir à Sir Arthur que je n'ai point de raison pour ne pas recevoir ses

visites, et que nous sommes toujours
visibles à l'heure du café.

— » Bon Dieu, Madame, s'écria
Grojan dans le plus violent désespoir, ma chère dame, c'est ce même
Sir Arthur Dartford dont les trois
demoiselles Oliphant, propriétaires
de la terre d'Oliphant, dans ce comté,
étaient éprises toutes à la fois ; il fut
obligé de s'échapper au milieu de la
nuit, en sautant par une fenêtre.
Mais qu'arriva-t-il après son évasion?
La plus jeune des demoiselles devint
folle, la seconde se noya dans un
étang, et l'aînée s'enfuit avec un jeune
homme.

— » Tout formidable qu'il puisse
être, dit Mme Rosemore, je vous ai
donné ma réponse.

— » Mais, Madame..... après cela,
Madame, continua Grojan, quand

toute la famille le poursuivit en répa-
ration, il jeta du haut en bas des es-
caliers le plus jeune fils de la famille,
passa une balle au travers du corps
de l'aîné, et attaqua le père en diffa-
mation, prétendant qu'il avait pro-
pagé cette horrible aventure dans le
voisinage.

— » Tout cela ne saurait ébranler
ma résolution, dit la dame; dites-
lui que je serai bien aise de le recevoir en famille.

— » En famille..... Ah ! dit Grojan, en famille véritablement ! Enfin, puisque vous l'avez ainsi décidé,
Madame, je vais lui faire part de
votre invitation. J'espère que vous
n'êtes point fâchée contre moi rela-
tivement à ce que je vous ai dit ; je
n'avais que de bons motifs. »

En parlant ainsi, il salua et quitta

l'appartement, peu satisfait de la détermination de Mme Rosemore, et se fatiguant la cervelle pour trouver quelque stratagême à l'aide duquel il pût opérer l'expulsion du redoutable baronnet; mais comme il n'en trouva aucun qui n'eût de graves inconvéniens, il se mit à se plaindre amèrement de la méchanceté du monde, de la propagation du vice et de la légèreté des femmes. Ce fut en faisant tout bas cette longue jérémiade, qu'il arriva à la porte du galant Sir Arthur Dartford.

CHAPITRE III.

« Eн! bien, s'écria le galant baronnet qui, au moment où le maître
de l'hôtel Impérial entrait dans son
appartement, déjeunait, à moitié
étendu sur un sopha; eh! bien,
M. Grojan, quelles nouvelles m'ap-
portez-vous de nos belles ? me sera-
t-il bientôt permis de leur baiser la
main ?

— » La main ! répéta Grojan, en
levant les yeux vers le plafond; Dieu
seul sait ce qui vous sera permis ; ce
qu'il y a de sûr, c'est qu'elles jouis-
sent toutes les deux de la santé la
plus florissante, et, chose qui con-

3..

fond ma faible raison! la vieille
dame.....

— » L'aînée des deux dames,
Grojan.

— » Oui, Monsieur, l'aînée des
deux dames consent à recevoir vos
visites.

— » Et cela vous étonne, M. Grojan ? je serais bien plus surpris si
mes avances eussent été repoussées
par des femmes qui habitent un hôtel où elles vivent isolées, qui ne
sortent que lorsqu'il fait nuit, et ne
reçoivent d'autres visites que celles
d'un jeune homme dont la famille
leur est inconnue, et qui ne les a
probablement suivies ici que pour
filer le parfait amour ; cela est aussi
clair que le jour. Croyez-moi, Monsieur Grojan, j'ai vu plus d'une semblable aventure de mon temps.

— » Je le crois, Monsieur, dit Grojan avec sa bonhomie accoutumée. Mais, Monsieur, j'oubliais..... savez-vous qu'elle m'a demandé si vous étiez marié.

— » Eh ! bien ?

— » J'ai dit que non, comme de raison.

— » Excellent envoyé ! s'écria le baronnet, et vraiment fait pour la diplomatie ; il vous débite un mensonge avec une assurance admirable.

— » Quoi ! Monsieur, vous avez une femme !

— » Je crois qu'oui, M. Grojan, dit sir Arthur.

— » Ne serait-il pas à propos que je retournasse auprès de ces dames, dit l'hôte, pour leur apprendre cette nouvelle ?

— » Je penserais au contraire, dit

sir Arthur d'un ton plus sérieux
qu'il n'avait coutume de le prendre
ordinairement, que les titres res-
pectables de père et de mari de-
vraient être omis dans la circonstance actuelle.

— » Mais, bon Dieu ! sir Arthur,
où est donc Milady ? dit Grojan.

— » Vraiment, M. Grojan, vous
m'embarrassez, dit Dartford. J'ai
passé plusieurs années de ma vie à
l'étranger; je me suis imaginé que
ma femme me négligeait; elle ne
m'écrivait jamais, peut-être par la
raison qu'elle ne savait où j'étais.
De mon côté j'ignorais le lieu de sa
résidence; la correspondance n'é-
tait pas très active, comme vous
devez croire ; nous fûmes mariés
que nous étions encore enfans,
par la seule raison que les terres de

son père touchaient à celles de ma famille. Un beau jour il me prit la fantaisie de rompre ma chaîne ; je quittai ma femme pour vivre dans les camps ; et, ma foi, il s'est écoulé tant d'années depuis mon départ que je ne saurais me résoudre maintenant à avouer ma faute et à en demander le pardon. Mais laissons cela, et parlons plutôt de vos affaires ; avez-vous beaucoup de nouveaux hôtes, aujourd'hui, M. Grojan ? »

Cette question offrait tout naturellement à M. Grojan l'occasion de déclarer à sir Arthur l'intention où il était de lui donner poliment son congé ; aussi s'empressa-t-il de répondre : « J'en ai plus que je n'ai d'appartemens disponibles, sir Arthur ; ce n'est que demain.....

— » Pourquoi demain ? demanda Sir Arthur.

— » C'est que, répondit Grojan, c'est que votre appartement sera vacant, sir Arthur.

— » Mon appartement sera vacant ! s'écria le baronnet étonné.

— » Ne vous mettez pas en colère, dit Grojan d'une voix suppliante.... mais, en vérité, ma conscience me force à prendre cette mesure; je suis obligé de vous prier instamment de quitter l'hôtel Impérial, Sir Arthur.

— » Quitter l'hôtel ! s'écria Sir Arthur; je suis aussi solidement fixé dans votre maison que peut l'être l'Hercule Farnèse sur son piédestal.

— » Si vous restez, Sir Arthur, dit l'hôte d'un ton piteux, tout le monde s'en ira.

— » Ce sera très agréable, dit

Sir Arthur, j'aurai plus de place pour mes opérations.

— » Sir Arthur, dit Grojan, affecté presque jusqu'au point de verser des larmes, la société instituée pour la suppression du vice a un agent ici.

— » Le diable emporte la société pour la suppression du vice ! s'écria Sir Arthur. L'affectation de la vertu n'est point la vertu, et ne saurait obtenir de moi que du mépris. Je ris de cette rigidité de principes qui fait condamner à l'amende une pauvre femme pour avoir vendu des pommes un dimanche ; tandis que les autres jours de la semaine on tolérera toutes les fraudes imaginables de la part des marchands.

— » Pour Dieu, Monsieur, dit

Grojan, ne parlez pas si haut, vous êtes si irritable !

— » Irritable! répliqua Sir Arthur; moi..... irritable!... cela est excellent. Si j'avais été irritable, Monsieur, il y a cinq minutes que je vous aurais mis à la porte en vous donnant cinquante coups de pied au derrière.

— » Alors je dois vous dire, Sir Arthur, que si vous l'aviez fait, dit Mathieu, c'eût été très malséant ; mais, je le répète.... ce n'est pas moi personnellement, mais tout le monde...... Ces duels!.....

— » Que vous font mes affaires d'honneur ? dit le baronnet. Qui vous a fait juge de ces choses-là ? Dois-je laisser contrôler ma conduite par un drôle qui tient une auberge?

— » Un hôtel, interrompit Gro-

jan, l'hôtel Impérial, s'il vous plaît,
Sir Arthur.

— » Le diable impérial !

— » Oh Dieu ! non, Sir Arthur,
je vous prie de ne pas.....

— » Faudrait-il, lorsque je rencontre un impertinent, que je son-
nasse pour vous prier de vous battre
à ma place ?

— » Nullement, dit Grojan, cela
serait encore plus contre mes principes.

— » Et, à propos, dit le baronnet dont le sang commençait déjà
à bouillonner, où ce jeune Milford
a-t-il donc été se cacher ?

— » M. Milford ! Sir Arthur, dit
Grojan, ne vous mettez pas en colère
à cause de lui..... c'est moi..... qui
l'ai fait.....

— » Fait quoi ?

— » J'avais bien vu que vous vous étiez disputé, et pour prévenir les suites de votre querelle, lorsqu'il est venu vous demander, il y a environ une heure, je lui ai dit que vous n'étiez pas chez vous.

— » Comment! vous me faites manquer une affaire d'honneur, coquin que vous êtes!

— » Qu'il est heureux! s'écria Grojan, en levant les yeux vers le plafond, qu'il est heureux que je ne sois pas gentilhomme! »

Dans ce moment, M. Milford venant à passer dans le corridor sur lequel donnait l'appartement de Sir Arthur, et averti par l'éclat de la voix qu'il était chez lui, frappa à sa porte, et presqu'aussitôt après se présenta à la vue du baronnet furieux. Cependant, à peine celui-ci

eut-il jeté les yeux sur le jeune
homme, qu'à l'indignation et à la
colère dont sa figure portait l'em-
preinte, succéda un air calme et
indifférent. Il adressa des excuses à
Henri sur la conduite absurde de
M. Grojan, et le pria de croire qu'il
était entièrement étranger à la réponse que ce maladroit s'était permis de lui faire.

Milford reçut cette explication en
montrant également beaucoup de
froideur.

Grojan ne tarda pas à s'apercevoir
que sa présence était au moins inutile. Il se retira donc, mais lente-
ment et en jetant sur Milford un
regard qui paraissait vouloir dire
que le jeune homme lui semblait un
agneau entre les serres d'un vau-
tour.

A peine Grojan eut-il fermé la porte, que Sir Arthur, prenant cet air franc et ouvert qu'il savait être irrésistible, s'approcha de son jeune antagoniste qui, placé devant la fenêtre, attendait que celui-ci lui adressât la parole.

« M. Milford, dit le baronnet, la conduite de ce pauvre homme aurait pu porter atteinte à une réputation moins bien établie que la mienne. Mais je crois que pendant dix années d'une guerre sanglante, j'ai fait mes preuves, et que ma bravoure est au-dessus du soupçon.

— » Le fait est incontestable.

— » Ainsi vous ne sauriez attribuer à aucun motif indigne de mon caractère, le désir que j'éprouve de remettre à demain matin le rendez-vous que vous venez me proposer au sujet de notre altercation d'hier au soir. »

Milford parut surpris de la demande d'un retard qui lui paraissait inutile, et insista pour que l'affaire se terminât sur-le-champ.

— » Comme il vous plaira, dit gaîment le baronnet; j'aurais seulement désiré que vous fussiez auparavant bien convaincu que le tort n'est pas de mon côté, et que l'opinion que j'avais émise sur le compte de ces dames est parfaitement juste.

— » Permettez-moi de vous faire observer, dit Milford, qu'il est aussi désagréable qu'inutile de renouveler notre discussion.

— » Mais si à de simples suppositions je substituais des faits incontestables, peut-être alors seriez-vous disposé à changer d'opinion, et à renoncer à tout projet d'hostilité.

— » Alors nul doute que je ne changeasse d'opinion ; mais comme il est impossible.....

— » Vous saurez donc, mon jeune ami, qu'un baronnet d'une assez mauvaise réputation a reçu un billet d'invitation d'une belle dame, pour l'amour de laquelle vous vous êtes montré fort disposé à brûler une amorce, et que l'heureux baronnet est Sir Arthur Dartford lui-même.

— » Impossible! s'écria Milford.

— » Sur l'honneur, rien n'est plus véritable ; me croirez-vous enfin si je vous montre le billet ?

— » Non, Sir Arthur.

— » Quoi ! vous ne serez pas convaincu par une preuve oculaire !

— » Non, vous dis-je.

— » Quel excellent mari vous feriez dans certaines familles !

— » Monsieur, dit Milford d'un air sévère, vous continuez à m'outrager, et je dois...

— » Nullement, interrompit Sir Arthur. Croyez même que si je n'éprouvais pas pour vous un véritable intérêt fondé sur vos excellentes qualités, je n'essaierais pas, au péril de ma vie, de vous faire revenir de votre égarement. Ce soir, Milford, nous nous verrons chez Mᵐᵉ Rosemore ; nous aurons un peu de musique, et j'ose me flatter que la belle Maria voudra bien chanter pour l'amour de moi....

— » Je vais à l'instant chez madame Rosemore, s'écria Milford, et.....

— » Par extraordinaire, dit Gro-

II   3...

jan qui dans ce moment entrait dans
l'appartement de Sir Arthur, la mère
et la fille sont sorties, et je venais
vous le dire de la part de ces dames.
Elles m'ont chargé de vous faire
leurs complimens, Sir Arthur, et de
vous informer qu'elles vous recevront
ce soir à l'heure du café, si vous n'a-
vez pas d'autre invitation.

— » Eh! bien, Milford, s'écria
Sir Arthur d'un air triomphant, suis-
je un fanfaron maintenant ? Voilà le
fait que vous ne vouliez pas croire,
même d'après le témoignage de vos
yeux. »

Milford devint pâle comme la
mort... il était confondu; cependant
il conserva assez de présence d'esprit pour demander à Grojan si tout
cela n'était pas un complot inventé
par le baronnet; et à l'appui de

cette supposition, il rappela l'entrevue qui avait eu lieu précédemment entre M. Grojan et Sir Arthur Dartford. Mais point de complot, point de connivence, et la preuve irréfragable, c'était le ton grave, simple et naturel dont se servait M. Grojan dans la narration des événemens qui s'étaient passés et qu'il rapportait à Henri avec une précision désespérante.

Il était évident que Sir Arthur n'avait embelli l'histoire en aucun point. Ainsi Mme Rosemore, dont la conduite avait toujours été à l'abri de tout reproche, Mme Rosemore qui dans la conversation professait les meilleurs principes de morale, n'était donc qu'une détestable hypocrite. La veille encore le nom seul de Sir Arthur ne l'avait-il pas fait tressail-

lir ? et aujourd'hui elle invite, oui
elle invite formellement ce même
homme à venir passer la soirée chez
elle !

« Je vous le disais hier, Milford,
s'écria Sir Arthur, et je vous le répète
aujourd'hui, elles sont toutes les
mêmes : la prudente mère, en ad-
mettant qu'elle ait jamais été mariée,
est la veuve de quelque petit mar-
chand ; et sachant que vous étiez
riche et de bonne famille, elle a de
suite formé le projet de vous unir
à sa fille. On est charmé de vous
voir ; vous trouvez leur société déli-
cieuse ; maman lit des vers..... Mademoiselle chante..... vous aimez la
musique..... elle parle, vous écou-
tez..... le café vient..... nouvelle musique, nouvelle conversation, nouvelle attention de votre part, et la

soirée se termine par une promenade
au clair de la lune, et par un léger ser-
rement de main en se quittant. Mais
la chose est simple, claire, évidente ;
vous les avez rencontrées aux eaux,
dans une ville ou dans une autre ; on
vous intéresse à des procès qui n'ont
jamais eu de commencement ; on
parle de patronage, d'influence qu'on
n'a jamais eue..... enfin ce sont les
deux plus grandes aventurières de
la terre.

— » Vraiment! c'est là l'opinion
que vous avez d'elles, dit Milford,
d'un ton qui montrait l'abattement
de son esprit, et combien il avait
rabattu de la haute opinion qu'avant
cet entretien il avait conçue de ces
dames.

— » Écoutez-moi, dit Sir Arthur,
dont la gaîté semblait augmenter en

proportion de l'agitation de Milford :
je ne suis pas vain..... »

Ici Grojan , qui n'avait pas quitté
l'appartement, poussa un profond
soupir.

« En fait d'amourettes , je ne m'es-
time ni plus ni moins que les autres
hommes.... eh bien ! que voulez-vous
parier, Milford , qu'avant souper je
vous supplante entièrement auprès
de votre charmante Dulcinée ? Sur
l'honneur , simplement pour vous
obliger.

— » Vraiment, Sir Arthur, vous
êtes d'une obligeance incomparable ,
dit Milford d'un ton d'amertume
qui montrait clairement qu'il n'était
guère reconnaissant des services que
le baronnet prétendait lui rendre ; et
peut-on vous demander par quel

moyen vous vous proposez d'obtenir un résultat si satisfaisant ?

— » Par l'envoi d'un simple billet doux, mon intéressant novice, lequel sera remis à son adresse par notre estimable hôte ici présent.

— » Vous perdriez votre gageure, Sir Arthur, dit Milford; pariez ce qu'il vous plaira.

— » C'est là mon affaire, répondit Sir Arthur.

— » Je vais plus loin, dit Milford, irrité de la parfaite nonchalance que montrait son antagoniste, je vous défie de réussir.

— » Mais c'est une provocation dans toutes les règles, dit le baronnet, et je l'accepte avec plaisir.

— » Je vous tiens pour battu, s'écria Milford.

— » Oh! bon Dieu! s'écria Grojan,

qui, comme je l'ai observé plus haut, n'avait pas la moindre idée des figures du discours, je ne saurais permettre qu'on se batte ici, Monsieur Milford.

— » Ne craignez rien, Grojan, s'écria Sir Arthur; il ne s'agit ici que d'une joûte d'amour, et je me flatte d'en sortir victorieux.

— » Impossible, dit Milford qui, malgré l'assurance qu'il affectait, n'en était pas moins en proie aux plus vives inquiétudes.

— » Oh! Milford, dit Sir Arthur, vous ne savez pas quel empire exerce la flatterie sur le beau sexe! combien sont dangereux des soins journaliers qui empruntent un charme puissant d'une délicatesse ingénieuse..... Vous parlez de dévouement, d'amour éternel, et bientôt vous avez le titre d'ami..... Qu'à vos discours passionnés succèdent quelques propos satyriques dirigés contre les rivales de votre belle, et si vous pouvez soutenir tout ce manége de la réputation d'homme à bonnes fortunes, qui peut alors vous résister? »

En disant ces paroles, qui causèrent la plus grande surprise à Milford, le baronnet s'assit à son secrétaire, et se mit à écrire une lettre à Mⁱˡᵉ Rosemore.

Que d'idées fâcheuses vinrent se présenter à l'esprit de Milford pendant le peu de minutes qu'il fallut à Sir Arthur pour écrire ce maudit billet! Maria, sa chère Maria, qu'il s'était plu à croire si naïve, si innocente, n'était donc qu'une femme fausse et perfide! et sa mère n'était qu'une méprisable intrigante! et lui,

II   4

il avait été la déplorable dupe de ces
deux aventurières !

Pendant que ces pensées tourmen-
taient le malheureux amant, Grojan,
qui d'abord avait été charmé de voir
que la dispute qui s'était élevée entre
le baronnet et le jeune Milford s'était
arrangée à l'amiable, s'occupait maintenant à considérer s'il convenait
bien à la dignité du maître de l'hôtel
Impérial de se charger du message
que lui destinait Sir Arthur. En con-
sentant à devenir l'agent actif de
projets criminels, c'était réellement
se rendre le complice de celui qui les
avait formés. Il est vrai ; mais, d'un
autre côté, en se chargeant de remettre lui-même le billet, ne pou-
vait-il pas servir les intérêts du jeune
homme et déjouer les infâmes des-
seins d'un séducteur effronté, en em-

ployant toute son éloquence pour si-
gnaler de nouveau aux dames Rosemore les dangers qui les menaçaient,
et en leur recommandant, dans les
termes les plus pressans, de se tenir
sur leurs gardes? Fort de ses excellentes intentions, M. Grojan se détermina dans cette circonstance à se
conduire contre ses principes.

« Maintenant, dit Sir Arthur ayant
terminé son billet, permettez-moi,
M. Milford, de vous lire mon épître
amoureuse. »

Milford dans ce moment avait assez l'air d'un criminel qui, amené
sur la place d'exécution, n'a plus
d'espoir de salut; il répondit par
une inclination de tête en signe de
consentement.

« Madame..... dit le baronnet com-
mençant la lecture de son billet.....

4..

Ce début, j'espère, est assez respec-
tueux.

— » Tout-à-fait, dit Grojan qui
s'imagina que comme il devait être le
porteur dudit billet, le galant baronnet, pour sa satisfaction, voulait
bien lui en communiquer le contenu.
Son approbation cependant ne reçut
d'autre réponse qu'un grand éclat de
rire de Sir Arthur, qui ne s'était pas
aperçu qu'il fût présent.

— » Madame, poursuivit le baronnet aussitôt qu'il eut recouvré
assez de gravité pour continuer sa
lecture, en vous demandant la faveur
d'être reçu dans votre société, je suis
loin de me déguiser la témérité de
cette demande ; mais j'emploie du
moins pour réussir tous les moyens
qui sont en mon pouvoir. Je vous ai
vue une fois ; n'est-ce pas assez pour

que je désire ardemment de vous re-
voir? Ce n'est là, au reste, ajouta
Sir Arthur, qu'une licence poétique;
car que je ne courtise jamais une
femme de ma vie, si j'ai vu seulement une fois le bas de sa robe.

— » Oh! de grâce, continuez votre lettre sans digression, Sir Arthur,
dit Milford.

— » Mon rang, continua le baronnet, parle suffisamment en ma
faveur, et ma fortune m'offre les
moyens de le soutenir. Après cette
explication que je regardais comme
indispensable, est-ce trop se flatter
que d'espérer que vous m'accorderez
cinq minutes d'entretien?

— » Mais, s'écria Milford, vous
demandez là un entretien particulier
à Mlle Rosemore!

— » Sans doute, dit Dartford.

Qu'avez-vous à craindre, certain que vous êtes de sa vertu? D'ailleurs il est absolument indispensable que je définisse clairement l'objet que je me propose. L'invitation à prendre du café n'a rien de précis, de spécial; mais la faveur du tête-à-tête une fois accordée, l'affaire marche promptement, expéditivement... Et en continuant de marmotter quelques paroles que Milford n'entendit pas, il plia la lettre et la remit à M. Grojan, en le priant de ne pas laisser échapper la première occasion favorable de remettre le billet à Mlle Rosemore.

— » Cela n'est-il point contre mes principes? dit Grojan, paraissant livré à la plus grande hésitation.

— » Nullement, dit Sir Arthur;

en amour comme dans les romans,
le mystère est l'âme du succès. »

Ici M. Grojan jeta les yeux sur
Milford, comme pour lui demander
son agrément; mais celui-ci fit observer à Sir Arthur qu'il ne voyait pas
qu'il fût si nécessaire de demander
un entretien particulier; que lui Sir
Arthur avait obtenu incontestable-
ment la permission d'être admis dans
la société de ces dames, et qu'il devait se borner à cette faveur.

« L'entretien particulier ne me sera
point accordé, dit Sir Arthur; mais
si vous êtes d'un avis opposé, je suis
satisfait, et notre affaire est conclue.

— » Eh ! bien, je consens à tout,
dit Milford. Cette démarche va fixer
mon sort; elle va m'enlever peut-être
toutes mes espérances de bonheur
dans ce monde.

— » Il vaut mieux, dit Sir Arthur, que vos espérances s'évanouissent avant le mariage, que si elles étaient détruites après. Laissez-moi agir dans cette circonstance à ma manière ; laissez-moi appuyer par des faits mes dissertations sur la nature humaine, et, d'honneur, la plus grande discrétion.....

— » En vérité, dit Milford, si vous obtenez cette preuve décisive de l'immoralité des dames Rosemore, vous devez croire que je n'aurai pas la moindre envie de renouveler connaissance avec elles. »

Grojan se détermina alors à s'acquitter de sa commission, et, tout en chemin faisant, il se félicita de n'être lié par aucune promesse à garder le secret, et se promit bien de faire un dernier effort pour sauver

l'innocence, ou, en cas de revers,
pour évincer les coupables de l'hôtel Impérial, ainsi qu'il convenait à
un homme du caractère de M. Grojan.

CHAPITRE IV.

A peine Grojan fut-il entré dans l'appartement de Mme Rosemore, qu'il parut livré au plus grand trouble. Ces dames attendaient patiemment qu'il lui plût de leur expliquer l'objet de sa visite; mais Grojan ne proférait pas une seule parole, car il avait décidé dans sa sagesse que la jeune personne ne devait nullement être instruite de l'infernale intrigue à laquelle il avait été amené à prêter son ministère. A défaut de paroles, M. Grojan faisait usage de signes multipliés qui paraissaient s'adresser à Mme Rosemore, mais qui n'étaient

pas mieux compris par cette dame
que par sa fille, qui s'imagina qu'ils
étaient des symptômes certains d'un
commencement de folie chez le bonhomme. Pour être plus sûr que ses
signes étaient remarqués, il toussait,
prenait du tabac, éternuait, enfin
employait tant de moyens singuliers
pour attirer l'attention, que Maria,
qui n'était nullement préparée à cette
scène, avait bien de la peine à s'empêcher de montrer combien elle la
divertissait.

Enfin, pour faire cesser cette bi-
zarre pantomime, qui, si elle se fût
prolongée, eût mis sa gravité à une
trop rude épreuve, Maria s'efforça de
lui demander sans rire quel était
l'objet de sa visite.

« C'est là, Mademoiselle, dit Grojan, ce que je ne saurais dire.

— » Ainsi, dit Mme Rosemore,
nous voilà condamnées à mourir sans
voir la lumière.

— » Je ne puis, dit Mathieu avec
une comique gravité, je ne saurais,
Madame, vous rien dire à présent;
et il se mit à tousser d'une manière
significative, et à faire les grimaces
les plus grotesques.

— » Pourquoi non ? dit Maria.

— » Ne me demandez pas pourquoi, Mademoiselle, dit Grojan d'u-
ne voix tremblante ; et puis faisant
quelques pas en arrière, de manière
que Maria ne pouvait l'apercevoir,
il indiquait clairement à Mme Rosemore, par des gestes très expressifs,
qu'il fallait absolument renvoyer sa
fille de l'appartement.

— » Je n'ai point de secrets pour
ma fille, Monsieur Grojan, dit Mme

Rosemore qui enfin comprenait son intention.

— » C'est-à-dire que vous n'en avez que quelques-uns, maman, dit Maria malignement.

— » Madame, dit Grojan en se frottant légèrement le nez avec le revers de la manche de son habit, ma réputation est solidement établie, rien ne saurait l'ébranler.

— » Pourquoi vous occuper tant de cela, maintenant? dit Mme Rosemore.

— » C'est que, Madame, je ne saurais souffrir qu'on y portât la moindre atteinte.

— » Où tout cela nous mènera-t-il? dit Mlle Rosemore.

— » De quel roman de la vie réelle est-ce là la préface? demanda Mme Rosemore.

— » Roman ! répéta Grojan ouvrant les yeux pour montrer combien
il était surpris que Mme Rosemore
pût supposer qu'il inventât quelque
fiction ; il n'y a point de roman, Madame, il s'agit d'une conspiration,
d'une abominable conspiration contre vous deux, et je suis déterminé
à ne point rester spectateur immo-
bile de machinations détestables.....
Vous saurez tout.

— » Continuez donc, dit gaîment
Mme Rosemore, nullement alarmée
en apparence par les menaces de son
interlocuteur.

— » Je ne le pourrais pas pour
vingt livres sterling, Madame, dit
Grojan ; cela ne peut se dire devant
Mademoiselle.....

— » Allons, dit Maria, voilà en-

core un secret : personne ne veut se
fier à moi.

— » Eh! bien, mon enfant, dit
sa mère, comme je suis obligée de
connaître les détails de cet horrible
complot, et que M. Grojan, dont les
excellens principes nous sont connus,
ne juge pas à propos de dévoiler ce
terrible mystère devant vous, passez dans votre chambre, et quand
j'aurai appris l'affreuse vérité, je
vous enverrai chercher.

— » Je ne puis m'empêcher de
dire, répliqua Maria en quittant la
chambre, que M. Grojan est moins
galant que je ne l'aurais cru.

— » Galant! s'écria l'hôte étonné; vraiment, que veut dire Mademoiselle ?

— » Je veux dire, Monsieur Grojan, dit Maria à moitié fâchée, qu'il

est extrêmement désagréable d'être
renvoyée comme une méchante enfant; mais, quant à votre histoire
secrète, je vous assure qu'elle ne
m'inquiète pas le moins du monde. »
Et en disant ces mots elle quitta
l'appartement en faisant une des plus
jolies pirouettes du monde.

« Maintenant, Monsieur Grojan,
dit Mme Rosemore, faites-moi votre
confidence.

— » Je n'ai rien à dire, Madame,
dit Grojan, je suis chargé seulement
par sir Arthur de remettre ce billet.

— » *A Mademoiselle Rosemore !*
s'écria la mère en lisant la suscrip-
tion, et ses grands yeux noirs brillè-
rent d'un feu extraordinaire, et ses
beaux sourcils s'élevèrent et s'abais-
sèrent tour-à-tour de manière à inquiéter M. Grojan qui avait assez

II   4...

de tact pour lire sur la figure de Mme Rosemore, que cette dame était singulièrement choquée de l'impudence du baronnet. De la part de Sir Arthur! dit-elle après avoir lu le billet.

— » Oui, Madame, dit Grojan, le billet est de Sir Arthur, et je vous donne ma parole d'honnête homme, qu'il l'a expédié assez lestement.

— » Cette adresse m'étonne, se dit Mme Rosemore à elle-même; cela passe toutes mes espérances.

— » Espérances! s'écria Grojan, que ce mot surprenait lui-même au-delà de toute expression, et qu'il répéta plusieurs fois sur différens tons, mais inutilement, car Mme Rosemore, pendant ces diverses exclamations, regardait avec une émotion visible l'écriture du baronnet et le petit cachet qui avait été apposé à la galante missive. Enfin, fatigué de n'obtenir aucun résultat satisfaisant, il se mit à faire des commentaires sur l'horrible caractère du baronnet, sur sa discrétion personnelle à lui M. Grojan, laquelle discrétion ne lui avait pas permis, malgré l'ordre de Sir Arthur, de remettre le billet destiné à la jeune fille à l'insu de sa mère, qu'il a qualifiée, Madame, ajouta Grojan en s'adressant directement à Mme Rosemore, de vieille Sysigambis.

— » Il m'est tout-à-fait indifférent, Monsieur Grojan, dit Mme Rosemore, de savoir par quel nom il me désigne..... » et des larmes coulèrent le long de ses joues.

Ce fut là le terme de toutes les craintes, de tous les soupçons de

M. Grojan. Ces larmes furent pour lui un témoignage irrécusable de la vertu de la dame ; il ne put les voir couler sans être profondément ému ; et, dès ce moment, il fut irrévocablement confirmé dans ses projets de combattre de toutes ses forces pour la cause de l'innocence.

« Madame, s'écria le brave homme, ne pleurez pas, Madame..... et il se mit à pleurer lui-même comme un enfant. Je ne suis que le maître d'une taverne, c'est-à-dire le maître de l'hôtel Impérial, et je n'ai point de fille. Dieu sait que j'aurais pu en avoir plus d'une, si Mme Grojan avait vécu. Cependant, Madame, j'ai des intentions droites, quoiqu'une dame, dont je tairai le nom, ne voulût pas convenir que j'eusse *du sang dans les veines*. J'ai un bon cœur et

de la conscience, et je ferai mon devoir, et je ne souffrirai pas que l'innocence soit trahie sous mon toit,
quelque humble que soit ma condition.

— » Vos sentimens, mon cher
Monsieur, dit Mme Rosemore qui
était elle-même violemment agitée,
vous font honneur ; et en disant ces
paroles elle jeta de nouveau les yeux
sur le billet qu'elle relut une seconde
fois ; puis elle dit : il écrit avec passion, mais il ne sent pas.

— » C'est, Madame, dit Grojan,
comme l'horloge de ma cuisine, qui
marque l'heure sans savoir ce que
c'est que le temps..... Et, comme j'ai
l'honneur de vous le dire, Madame,
les protestations d'amour ne sont que
de pures simagrées, et ce billet n'a
été écrit que pour prouver, sauf vo-

tre respect, Madame, combien les
femmes sont légères, et pour persuader qu'il lui suffit de se pava-
ner pour attirer les regards des
belles, et qu'il ne tient qu'à lui
de jeter le mouchoir à celle qui lui
plaît le plus, à l'exemple d'un de ces
bachas à trois têtes dont j'ai lu la
vie dans l'histoire de Hollande.

— » Cela passe mon attente, dit
Mme Rosemore, se parlant à elle-
même.

— » Quoi! donc, se dit Grojan,
elle est charmée de son impudence
après tout.

— » Il faut le prendre dans ses
propres filets, se dit à elle-même
Mme Rosemore.

— » Le prendre! Madame, s'é-
cria Grojan; bon Dieu! ne l'essayez
pas, il.....

— » Priez ma fille de venir, dit
Mme Rosemore évidemment agitée
par quelque passion violente.....

— » Faire venir Mademoiselle !
Madame, s'écria l'hôte du ton de la
plus grande surprise.

— » S'il vous plaît, répondit la
dame trop absorbée par ses propres
sensations pour remarquer la consternation qui se peignait sur le visage de son interlocuteur.

— » Mais, ma chère dame, dit-
il, vous n'allez pas montrer ce billet
à Mademoiselle ?

— » C'est à elle qu'il est adressé ;
que voulez-vous que je fasse ?

— » Ce que je veux que vous fas-
siez ? que vous le déchiriez en mille
morceaux, et que vous le jetiez dans
la mer par une des fenêtres de votre
appartement.

— » Une telle action, M. Grojan, répliqua Mme Rosemore en souriant et en empruntant l'expression favorite du digne hôte, serait entièrement contre..... Mais faites venir Mlle Rosemore, je vous prie. »

Et cet ordre fit revivre les anciens soupçons du bonhomme ; plus d'incertitude, plus de doute même ; Mme Rosemore était une femme bien méprisable ! et quand l'aimable jeune fille, la candeur sur le front, le sourire de l'innocence sur les lèvres, entr'ouvrit de sa petite main la porte de la chambre, le pauvre Grojan fut terriblement agité, et ne put s'empêcher de la regarder comme la victime que son horrible mère allait sacrifier au libertinage du baronnet.

« Vous m'avez fait demander, maman ? dit Maria en entrant ; se-

rait-il arrivé quelque chose de sérieux ? M. Grojan paraît très alarmé.

— » Alarmé ! Mademoiselle, dit
Grojan ; je tremble comme une
feuille.

— » Vous n'avez pourtant aucun
sujet de trembler, M. Grojan, dit
Mᵐᵉ Rosemore ; et se tournant vers
sa fille, elle la pria de s'asseoir et
d'écrire un billet.

— » A qui ? dit Maria.

— » C'est ce que vous saurez plus
tard, dit la mère, dont le trouble et
l'agitation étaient visibles.

— » Comment ! écrire à un inconnu, s'écria Maria choquée d'un
ordre qui lui paraissait blesser toutes
les convenances.

— » Bientôt vous saurez tout, dit
Mᵐᵉ Rosemore.

— » Oh ! dit Maria malignement,

II   5

c'est là un autre secret : dois-je donc être toujours privée de votre confiance et agir constamment en aveugle ?

— » Je crois, répondit Mme Rosemore, que vous ne devez pas hésiter beaucoup à vous fier à moi, chère enfant. »

Ici Grojan fut sur le point de se mêler de la conversation, mais il réprima ce désir de peur qu'en se permettant d'interrompre la conversation, il ne s'exposât à agir contre la bienséance ; fatale circonspection qui devait nécessairement encourager Mme Rosemore dans ses indignes projets ! aussi, après une petite pause, elle ajouta à la grande consternation du maître de l'hôtel Impérial : « Écrivez ce que je vais vous dicter. » La jeune fille obéit en tremblant, s'ima-

ginant que Milford était intéressé
dans cette affaire, et il faut avouer
que son absence, à laquelle elle n'é-
tait pas accoutumée, donnait quelque
apparence de probabilité à ses soupçons.

« *La réponse que vous désirez, je
vous l'envoie*, dit Mme Rosemore
d'une voix émue; *je vous attendrai
dans la galerie à sept heures.* »

Maria, après avoir écrit ce petit
billet, leva timidement les yeux vers
sa mère, et lui demanda si c'était
tout.

« Tout ! Mademoiselle , s'écria
Grojan.

— » Arrêtez, Monsieur Grojan ,
dit Mme Rosemore ; quand j'aurai
besoin de vos conseils, je saurai vous
les demander ; à présent je crois que
je ne suis point dans la nécessité d'y

5 .

avoir recours. » En disant ces paroles, elle se tourna vers sa fille, et la
pria de cacheter le billet.

« N'est-il pas nécessaire que je le
signe ? dit Maria en le pliant.

— » Le signer ! répliqua sa mère ;
non, ce serait extrêmement incon-
sidéré. »

Grojan tressaillit à ces paroles.

« A qui faut-il l'adresser ? dit
Maria.

— » A Sir Arthur Dartford, dit
sa mère.

— » Sir Arthur.....

— » Oui, Mademoiselle, dit Grojan, Sir Arthur !

— » Ecrivez l'adresse telle que je
vous l'ai dictée, dit Mme Rosemore. »

La timide jeune fille obéit, et
après avoir cacheté le billet, elle le
remit à sa mère, qui le présenta à

M. Grojan, dont la figure exprimait alors la plus grande confusion.

« Je recommande ce billet à vos soins, Monsieur Grojan, dit Mme Rosemore d'un ton propre à rassurer son Mercure ; si vous refusez d'être le porteur des réponses aux billets dont vous vous chargez, Monsieur Grojan, vous ne faites que la moitié de votre devoir.

— » Madame, dit Grojan, j'ai... encore..... j'ai très certainement..... grande confiance en vous..... mais...

— » Vous ne devez point me questionner, dit Mme Rosemore, je vous prie seulement de porter mon billet. »

Et elle le poussa hors de la chambre, craignant peut-être qu'il ne lui échappât quelques mots de la con-

versation qu'ils venaient d'avoir en-
semble.

Mais si elle s'assurait ainsi de la
discrétion de M. Grojan, elle ne
pouvait aussi facilement se sous-
traire aux questions de sa fille, qui,
ne recevant que des réponses éva-
sives et peu satisfaisantes, eut recours aux prières les plus pressantes
pour obtenir de sa mère qu'elle lui
confiât quelles secrètes raisons l'a-
vaient déterminée à commander à
sa fille d'accorder un rendez-vous à
un homme qui s'était fait une triste
célébrité par la licence de ses mœurs.
Mais les prières de la pauvre Maria
furent sans effet auprès de sa mère,
qui lui déclara que des raisons im-
périeuses lui dictaient sa conduite
présente, et que, quelque singulière
qu'elle lui parût, elle devait agir

sans crainte dans cette circonstance, persuadée, comme elle devait l'être, que sa mère ne pouvait exiger d'elle rien qui fût réellement contraire à la bienséance.

CHAPITRE V.

Des raisons de convenance fort communes viennent de rapprocher l'un de l'autre Sir Arthur et Lady Almeria : leur esprit, de la même trempe, va se mouvoir dans la même sphère ; la conformité de leurs humeurs, de leurs inclinations, de leurs penchants dans la vie, et l'intérêt des conjonctures actuelles, tout les engage à se concerter pour rompre les liaisons du fils de Mme Milford avec Mlle Rosemore.

Sir Arthur obtient une conférence particulière de Lady Almeria ; il ne manque pas de plaindre son jeune ami d'être tombé dans les embûches et les liens des Rosemore, dont il fait un portrait de fantaisie sous des couleurs tellement défavorables, que Mme Milford jugea à propos d'y opposer une expression mesurée, mais non décourageante.

« Sur ma vie, dit-elle au baronnet, vous êtes un censeur par trop sévère.

— » Ce sont, répliqua le baronnet, les mêmes discours que j'ai déjà tenus à votre fils pour le prémunir contre les traits des Philistins ; je croyais, dans cette occasion, devoir obtenir vos éloges plutôt que d'encourir votre censure.

— » J'apprécie vos motifs, répondit Lady Almeria, et vous tiens compte de vos bonnes intentions ; » et se tournant vers son humble amie qui était assise dans le même appartement, à une distance de quinze pas

du canapé où sa Seigneurie était assise : « N'est-il pas très obligeant à
Sir Arthur, Leech, ajouta-t-elle, de
prendre un tel intérêt à mon fils ?

— » Extrêmement obligeant ; en
vérité, Milady, dit Mlle Leech.

— » Quand je voyais un jeune
homme sans expérience donner tête
baissée dans un piége grossier dressé
par deux aventurières, pouvais-je
faire moins que de l'avertir du danger dont il était menacé ?

— » Ces femmes-là, Sir Arthur,
sont sans doute de la plus basse
extraction.

— » Leurs manières sont horri-
blement communes, répliqua Sir
Arthur ; la mère est..... à peine si je
saurais vous la décrire..... elle est
réellement de cette espèce de gens
qui boivent du porter, mangent des

pois verts avec leur couteau, et brû-
lent des chandelles dans leur salon.

— » C'est dégoûtant ! s'écria
Lady Almeria.

— » Exécrable ! ajouta Mademoiselle Leech.

— » La petite fille, continua le
narrateur animé par l'énergie des
apostrophes, la petite fille est une
espèce de naine aux grosses hanches,
aux bras rouges, dont le teint est
couleur écarlate, qui fréquente les
assemblées des petits marchands,
va à la comédie, chante des chan-
sons anglaises, travaille à l'aiguille,
et ne veut pas valser.

— » Absurde créature ! s'écria
Lady Almeria.

— » Gens ridicules ! dit Mademoiselle Leech.

— » Elles se seront fait passer auprès de votre fils, dit Dartford, pour veuve et fille de quelque maréchal-de-camp; mais je puis vous assurer sur l'honneur, Lady Almeria, que, ne voulant pas m'en rapporter à ma mémoire, j'ai eu la curiosité de lire hier au soir d'un bout à l'autre, et avec la plus grande attention, la table alphabétique de tous les officiers de l'armée, et il ne s'en trouve pas un seul qui porte le nom de Rosemore.

—» Ceci est extrêmement fâcheux, dit Lady Almeria.

— » Hé! hé! hé! très malheureux vraiment, Milady, dit Mademoiselle Leech en riant.

— » Mais, continua sa Seigneurie, j'aimerais mieux tenir tous ces détails d'un autre historien que de vous, Sir Arthur; car vous êtes

vraiment trop sévère, n'est-ce pas,
Leech ?

— » Je crains que vous n'ayez raison, Milady, répliqua Leech, continuant à rire.

— » Il n'arrive que trop souvent,
Lady Almeria, dit Dartford, que
ceux qui ont le moins de mérite se
déchaînent avec le plus de violence
contre les autres.

— » C'est précisément, dit sa Seigneurie, comme le vin le plus faible
qui fait le meilleur vinaigre.

— » Excellent! s'écria Mlle Leech;
n'est-ce pas excellent, Sir Arthur ?
Sa Seigneurie fait toujours de si
bonnes plaisanteries, hé! hé! hé!...
vinaigre !..... hé! hé! hé!

— » Admirable! répondit le baronnet.

— » Hé ! hé ! hé ! fit Leech continuant à rire.

— » Ne croyez-vous pas , dit Lady Almeria, que je fisse prudemment d'instruire mon fils de mon arrivée ? peut-être pourrait-il me donner sur ces Rosemore plus de renseignemens que vous n'avez pu vous en procurer; et en lui parlant raisonnablement , j'espère qu'il entendra raison.

— » Je doute, répondit Sir Arthur , qu'il connaisse ces personnes-là , parce que je crois vraiment que ce sont des femmes de rien. Quant à votre espérance de lui faire entendre raison, je crains fort, vu sa folle passion et sa grande jeunesse, que vos chances de succès ne soient fort minces; et pour ce qui est de votre intention d'informer votre fils de

votre arrivée ici, je conseille à votre
Seigneurie de retarder cette commu-
nication jusqu'à ce que j'aie reçu réponse à une lettre que j'ai écrite à
l'un de ces modèles de perfection,
simplement pour l'éprouver.

— » C'est sans doute quelque
stratagême comme à l'ordinaire, Sir
Arthur.

— Quelque chose qui y ressem-
ble fort, Madame, dit le baronnet.

— » Mais dites-moi le moyen
que vous avez imaginé. Il me tarde
de connaître le stratagême de Sir
Arthur, dit sa Seigneurie; et vous,
Leech, ne seriez-vous pas bien aise
de l'apprendre ?

— » J'en meurs d'envie, Milady,
dit Leech. »

Et sans doute leur envie allait être
satisfaite quand la conversation fut

interrompue par la visite de M. James
Philips, qui, comme nous savons,
n'était rien moins que premier gar-
çon de l'hôtel Impérial. Il informa
sa Seigneurie que pendant qu'il as-
pergeait sa voiture d'une masse d'eau
considérable pour enlever la boue
dont elle était couverte, M. Henry
Milford, venant à passer auprès des
remises dans ce moment, avait re-
connu la voiture de sa mère, et l'a-
vait prié aussitôt d'aller demander à
Lady Almeria si elle pouvait lui faire
l'honneur de le recevoir.

La demande du jeune homme ne
pouvait arriver dans une circonstance
plus opportune, car sa Seigneurie
était très disposée à le voir ; elle ne
voulait plus même garder l'incognito,
et désirait maintenant que le hasard
amenât son fils auprès d'elle. Lors-

II   5...

que Henri entra dans le salon de sa
mère, sa figure ne portait point l'em-
preinte de la joie ou de la satisfaction ; son air était froid, et même
mécontent lorsqu'il aperçut Sir Arthur Dartford assis à une très petite
distance du sopha de Lady Almeria.

« Eh! bien, Henri, dit sa Seigneurie, ma présence ici doit vous sur-
prendre, j'imagine. Bon Dieu! mon
enfant, comme vous avez maigri.
Ne trouvez-vous pas, Leech?

— » C'est un véritable squelette,
Milady, dit Leech.

— » C'est à l'amour, à ce grand
niveleur des rangs, qu'en est la faute,
dit Sir Arthur.

— » Je prévoyais peu que j'aurais
le plaisir de vous voir ici, Sir Arthur, dit Milford d'un ton sec et
froid.

— » Tout le monde connaît Sir Arthur, mon enfant, dit Lady Almeria.

— » Beaucoup de gens, en effet, le connaissent, dit son fils d'un air de mécontentement marqué.

— » Eh ! bien, Monsieur Milford, dit Lady Almeria, vous savez, j'imagine, que je suis instruite de votre conduite ici.

— » Par Sir Arthur Dartford, je présume, répliqua Henri.

— » Non-seulement par Sir Arthur Dartford, dit sa Seigneurie, mais par une demi-douzaine de différentes personnes. N'est-ce pas, Leech ?

— » Par huit ou neuf personnes, Milady, dit Leech.

— » Et sans doute ces huit ou

neuf personnes ont osé ravaler le caractère de ces dames et le mien.

— » Osé ! s'écria Lady Almeria.

— » Osé ! répéta Sir Arthur Dartford.

— » Osé ! dit à son tour Mlle Leech.

— » Osé, Madame... je le répète, dit Milford.

— » Madame, dit Dartford, il n'entend pas raillerie, et se montre aussi zélé défenseur de la jeune personne que s'il allait l'épouser.

— » Pourquoi non, Sir Arthur ? dit Milford ; je n'ai jamais eu d'autre intention que d'épouser Mlle Rosemore.

— » Quoi ! vous épouseriez une grosse fille avec des bras rouges ! s'écria Lady Almeria.

— » Dont les hanches sont énormes ! ajouta Mlle Leech.

— » Une jolie belle-mère, ma foi, qui boit du porter, reprit sa Seigneurie.

— Qui brûle de la chandelle ! dit Leech.

— » Arrêtez ! arrêtez ! s'écria Milford ; écoutez-moi de grâce. Tout ce que je vous demande, c'est de les voir et de les juger par vous-même. Vous ne savez rien, absolument rien sur leur compte, car tous les détails que vous tenez de la bouche de Sir Arthur sont faux, absolument faux ; il n'a jamais eu la moindre liaison avec elles.

— » J'avoue, répondit Sir Arthur, que personne ne saurait me reprocher d'être lié avec les dames dont vous prenez la défense si

chaudement. Je ne saurais même
affirmer que j'ai été témoin des énor-
mités qui leur sont imputées par
Lady Almeria et son amie ; mais je
puis vous garantir que je tiens de
bonne part que le chef de la famille
est un petit mercier.

— » Et vous avouez que les bras
rouges, les hanches énormes, le
porter et la chandelle, sont des em-
bellissemens qui sont dus à la ferti-
lité de votre imagination ? dit
Henri.

— » Pas tout-à-fait, dit Sir
Arthur ; mais par ces qualifications,
j'ai tâché de faire connaître clairement l'idée que je me forme des at-
traits et des agrémens d'une demoiselle de la cité. Au reste, Milford,
je m'en tiens à mon billet, le résul-

tat qu'il amènera sera cause de ma
défaite ou de mon triomphe. »

Puis, à la grande mortification du
pauvre Henri, l'éloquent baronnet
se mit à raconter les avances extra-
ordinaires que lui avaient faites
Mme Rosemore et sa fille; selon lui,
rien n'était plus surprenant que ce
grand amour de la retraite, cet éloi-
gnement absolu où elles vivaient de
toute société, ce mystère qui enve-
loppait leur existence, et il termina
sa dissertation en disant que pour
rien au monde il ne se désisterait de
la mauvaise opinion qu'il avait émise
sur leur compte.

Dans ce moment arriva M. Grojan, apportant à l'audacieux baronnet la réponse de Mlle Rosemore; et
lorsqu'après l'avoir lue, il montra
aux dames, puis à Henri, l'écriture

de l'innocente Maria, la consternation du malheureux amant fut visible.

« Eh! bien, s'écria Lady Almeria
s'adressant à son fils, aurez-vous
maintenant plus de confiance dans
notre expérience ; et faudra-t-il de
nouvelles preuves de l'immoralité
de cette fille pour vous guérir de votre étrange engouement? Une jeune
personne que vous nous représentiez
comme un modèle de candeur, répondre de cette sorte à un homme
pour lequel elle avait manifesté de
l'horreur ! nous disiez-vous ; à un
homme qu'elle ne connaît même
pas ! »

Dans ce moment Sir Arthur se
leva et quitta la chambre.

« Qu'est-ce que cela signifie? continua Lady Almeria. J'en appelle à

votre bon sens, à votre connaissance du monde; est-il possible de trouver une excuse à une conduite de cette nature? A-t-on jamais vu une effronterie semblable à celle-là, je vous le demande, Leech?

— » Jamais, Milady, dit Leech.»

Et ces deux dames, profitant des avantages de leur position et de l'abattement de Henri, parvinrent à obtenir de lui, après une discussion d'une demi-heure, qu'il romprait toute relation avec les femmes qui avaient si indignement abusé de son inexpérience, à condition toutefois qu'il leur ferait une dernière visite, et que son départ serait différé jusqu'à ce que l'entrevue de Sir Arthur et de Maria eût eu lieu; et cette dernière condition, Henri l'avait absolument exigée, parce qu'il lui restait

une lueur d'espérance. Mme Rosemore était vive, enjouée, badine,
et n'aurait pas montré de répugnance à jouer quelque bon tour à
quelqu'un, si elle en eût trouvé l'occasion. Avec ce caractère, était-il
donc impossible que cette dame, in-
formée de la fatuité et de la présomption du baronnet, se fût réso-
lue à lui tendre un piége auquel elle
était certaine de le prendre? Mais,
d'un autre côté, comment concilier
les excellens principes de morale qu'il
lui avait souvent entendu débiter,
avec la réponse si inconvenante
qu'elle avait sans doute dictée à sa
fille? N'avait-il pas vu Mme Rosemore, au nom seul de Sir Arthur,
en proie à la plus violente agitation,
causée sans doute par l'horreur qu'il
lui inspirait? N'avait-il pas remar-

qué comme elle évitait soigneusement sa rencontre, lorsque par hasard elle le voyait dans un des corri-
dors ou des passages de l'hôtel qu'elle
allait traverser? Quelle incertitude
pénible ce tendre amant ne devait-il
pas éprouver quand il comparait la
conduite passée de Mme Rosemore
avec cette étrange invitation adres-
sée au baronnet de la main même de
sa fille?

Ces idées et plusieurs autres oc-
cupaient si exclusivement le jeune
homme, qu'il ne s'apercevait pas qu'il
s'était écoulé près de dix minutes
sans qu'il eût adressé une seule parole à Lady Almeria, et probablement il s'en fût écoulé quelques autres, si sa Seigneurie, peu accoutumée à garder le silence, ne se fût
impatientée d'une taciturnité aussi

6..

prolongée, et ne lui eût posé ce di-
lemme : « Ou ces femmes-là veulent
se divertir aux dépens de l'aventureux baronnet, et alors elles vous
mettront dans leur confidence ; ou
elles ont sur lui quelque projet sérieux, et, dans cette dernière hypo-
thèse, on vous laissera tout ignorer.

— » Certainement, dit Henri. Ce
matin rien ne leur est échappé dans
la conversation qui pût me donner le
plus léger soupçon qu'elles eussent
l'intention de recevoir les visites de
Sir Arthur ; et cependant je ne doute
pas qu'elles n'eussent pris cette résolution quand j'étais chez elles. Mais,
ma chère maman, ajouta-t-il, supposons que tous nos soupçons se trouvent un jour sans fondement, et que
nous acquérions des preuves incontestables qu'elles n'ont jamais cessé

d'avoir des droits mérités à notre es-
time et à notre respect, me verriez-
vous toujours d'un œil mécontent
rechercher la société de ces dames?

— » Je vois avec plaisir, répondit Lady Almeria, que vous parlez
sur ce sujet avec plus de calme que
vous ne l'avez fait jusqu'alors. Cet
heureux changement que je remar-
que en vous, vous obtient ma confiance, et je vais vous communiquer
sans réserve les intentions que j'ai
sur vous. Vous savez à quel haut
rang vous êtes appelé, de quelle
grande fortune vous jouirez un jour.
Héritier du titre et des biens du
Comte mon frère, vous ne tarderez
pas à jouer un grand rôle dans le
monde. Votre sang est noble et l'est
depuis cinq générations : du côté de
votre père, votre race remonte aux

Plantagenets, et du mien vous descendez des Charlemagnes. Je puis dire sans crainte qu'il n'y a point d'arbre généalogique dans le blason des trois royaumes qui fleurisse avec plus d'éclat que le nôtre. Outre ces avantages, vous savez que Lady Lillias Glendenning vous est fort attachée, et que toute sa famille est disposée à vous appuyer de son crédit; et vous associeriez votre brillant avenir à une fille obscure de la cité; mais ce serait une folie, une folie insigne! n'est-ce pas, Leech?

— » Certainement, Milady, dit Leech.....» Et elle affecta de soupirer et de lever les yeux au ciel, comme si elle était profondément affligée à l'idée que le fils de sa protectrice pourrait compromettre son avenir.

« J'apprécie à leur juste valeur,

ma chère maman, dit Henri, le
rang et la fortune; mais j'avoue
en même temps que je ne compte
pas au nombre des moindres avantages qu'ils procurent, celui de faire
participer à ces biens l'objet de notre sincère affection. Je vous ai ex-
pliqué franchement quelle était la
nature de mes sentimens pour Mlle
Rosemore; je lui ai fait le serment
que je serais son époux, et nulle
puissance au monde ne saurait me
forcer à violer ma promesse, si, lorsque les soupçons qui me tourmen-
tent aujourd'hui étant dissipés, j'ac-
quiers la preuve qu'elle est réellement, ainsi qu'elle me l'a dit, la fille
d'un officier distingué.

— » C'est peut-être quelque fille
naturelle, dit sa Seigneurie.

— » Je ne suis point préparé, je

l'avoue, dit Henri, à prouver sa légi-
timité; mais je suis déterminé à tenir à la résolution que j'ai prise. Supposons que sa mère ait eu une faiblesse.....

— » Dieu ait pitié de nous! s'é-
cria Lady Almeria.

— » Dieu nous soit en aide! s'é-
cria presqu'en même temps Mlle
Leech.

— » Je dis supposons, par forme
d'argument seulement, reprit Henri;
car je n'ai nulle raison de soupçon-
ner une semblable chose..... Assurément ce serait le comble de l'injus-
tice que de rendre cette jeune personne responsable de l'inconduite de
sa mère.

— » Tout cela, loin de détruire
nos soupçons, dit Lady Almeria, ne
fait que les augmenter, et j'ai plus

que jamais mauvaise opinion de cette
veuve et de sa fille.

— » Veuve ! s'écria Henri ; mais
Mme Rosemore n'est point veuve.

— » N'est pas veuve ! s'écria Lady
Almeria.

— » Pas veuve ! répéta Mlle Leech.

— » Eh ! bien, dites-moi donc, de
grâce, ce qu'elle peut être ? reprit
Lady Almeria.

» Mais une femme mariée, répondit Henri.

— » Oh ! séparée de son mari ? demanda sa Seigneurie.

— » Nullement, dit Henri.

— » Voici une nouvelle décou-
verte qui n'est point à leur avantage,
reprit Lady Almeria. Qu'en pensez-
vous, Leech ?

— » Je suis entièrement de votre
opinion, Milady, dit Leech.

— » Maintenant, dit Lady Almeria, je ne saurais tarder plus long-
temps à faire une visite à ces Rosemore, qui troublent ma tranquillité,
la vôtre, Henri, et celle de toutes les
personnes qui s'intéressent à vous.
Je veux voir leur figure, leurs manières, écouter attentivement leurs
paroles, et juger enfin par moi-
même si elles réunissent véritablement les avantages d'une bonne éducation aux dons de la nature, ainsi
que vous n'avez cessé de me le répéter. Je n'apporterai point dans cet
examen un esprit prévenu : ne le
craignez point. Si Mlle Rosemore est
telle que vous la dépeignez, douce,
timide, jeune et belle, pourvue de
talens, pourquoi verrais-je avec peine
mon fils choisir pour la compagne de
sa vie une jeune personne aussi ac-

complie ? Seulement, de votre côté, vous ne devez pas oublier la promesse que vous m'avez faite de rompre irrévocablement avec ces femmes dangereuses, si elles vous font mystère du rendez-vous qui a été donné à Sir Arthur par la plus jeune d'elles.

— » Sans doute, dit Henri; et de ce pas je me rends chez ces dames, où va se décider mon sort : c'est là que je vais savoir si je dois être le plus heureux ou le plus infortuné des hommes. »

CHAPITRE VI.

MILFORD en entrant dans l'appartement de Mesdames Rosemore, fut
surpris de n'y trouver que la mère.
« Mademoiselle votre fille serait-elle
malade ? lui demanda-t-il.

» Non, répondit Mme Rosemore ;
les jeunes personnes de son âge sont
parfois inquiètes, capricieuses et légères ; et quoique je lui doive la justice d'avouer qu'elle l'est moins que
beaucoup d'autres, cependant elle
m'a paru contrariée de votre absence
inaccoutumée de ce matin, et je ne
connais pas d'autre cause qui ait pu

produire le changement que vous ré-
marquez. »

Cette dernière réflexion fut un
baume consolateur qui diminua pour
un moment les inquiétudes auxquelles Henri était en proie ; puis il s'é-
cria : « Quoi ! c'est là le motif qui
me prive de la présence de Mlle Rosemore ? » Quelques instans de silence suivirent cette exclamation, et
Henri, pour le rompre, ne trouva
d'autre moyen que d'apprendre à
Mme Rosemore l'arrivée soudaine et
inattendue de sa mère. « Comment !
dit Mme Rosemore, sa Seigneurie
est ici !

— » Oui, reprit Henri, qui s'aperçut avec douleur que le nom de sa
mère produisait sur l'esprit de
Mme Rosemore une agitation qu'elle
essayait vainement de cacher.

— » Dans cet hôtel ? continua-t-elle d'une voix encore plus inquiète et d'un air plus agité.

— » Dans cet hôtel même, répondit Henri ; et de plus, je suis chargé de vous prévenir qu'elle est dans l'intention de vous faire une visite ainsi qu'à Mlle Rosemore.

— » Pas aujourd'hui, reprit Mme Rosemore vivement et tout émue ; pas aujourd'hui, Monsieur Milford, je vous en conjure.

— » Vraiment, dit Henri, je ne sais pas quels renseignemens vous avez pu obtenir sur le compte de ma mère ; je pensais qu'elle n'avait jamais eu l'avantage de vous connaître.

— » Je n'ose, je ne puis vous le dire en ce moment, répondit Mme Rosemore. »

La conversation semblait à Henri prendre une tournure qui promettait quelque chose de positif sur le rendez-vous donné au baronnet par Mlle Rosemore ; il crut donc à propos d'ajouter : « Dans ce moment même Lady Almeria est en conférence secrète avec Sir Arthur Dartford.

— » Vous êtes sûr de cela ? reprit Mme Rosemore, qui devint pâle comme la mort à cette nouvelle.

— » Pourquoi sont-ils donc renfermés, Monsieur Milford ? demanda-t-elle en tremblant.

— » Je ne le sais pas exactement, répondit-il ; je crois seulement que l'un et l'autre, car je prends la liberté de réunir mon nom au vôtre en cette circonstance, nous sommes pour quelque chose dans leur entre-

tien, dont Sir Arthur sans doute
fait principalement les frais en dé-
bitant, selon son habitude, une
grande quantité d'anecdotes sur notre compte.

— » Sir Arthur ne peut rien dire
de défavorable ni contre moi ni contre ma fille, Monsieur Milford, dit
Mme Rosemore d'un air piqué.

— » Telle n'est pas ma pensée,
répondit Milford, car je sais que Sir
Arthur n'a jamais eu le plaisir de
jouir de votre société. »

Henri considérait encore cette ob-
servation comme infaillible pour obtenir quelque renseignement sur le
rendez-vous; mais Mme Rosemore
ne prononça pas une syllabe sur ce
sujet délicat; seulement une certaine
confusion se manifesta dans ses manières : il était facile de s'apercevoir

II   6...

de son grand désir de rester seule ;
de son côté Henri comprit parfaitement l'embarras de sa situation et
l'impossibilité absolue où il était de
rien apprendre de positif sur cette
mystérieuse affaire, et que tous ses
efforts à cet égard seraient complète-
ment inutiles. Il jugea donc à propos
de garder le silence, et Mme Rosemore, qui redoutait les questions,
ne paraissait guère disposée à rompre
la première.

Maria, qui était dans l'appartement voisin, trompée par cette sus-
pension de la conversation, crut
qu'Henri était sorti; elle ouvrit la
porte, et s'apercevant qu'il était encore là, elle fit quelques pas en arrière. La rougeur qui colora le front
de la jeune personne à la vue de son
amant, sa tentative de retraite, son

trouble, son embarras, portèrent à
leur comble les soupçons de Milford,
qui avait suivi avec la plus grande
anxiété jusqu'au moindre mouvement de Mlle Rosemore. Se retirer
maintenant, eût été manquer trop
essentiellement aux règles de la bienséance ; Maria le sentit, elle resta
donc, et adressa à sa mère quelques
questions sur des objets indifférens,
auxquelles Mme Rosemore répondit
sur le même ton.

« Ma chère amie, continua cette
dernière avec émotion, êtes - vous
dans l'intention de vous habiller ce
soir ?

— » Oui, maman, reprit Maria
d'un air sérieux et agité dont fut
frappé Henri, qui avait toujours présent à la pensée le rendez-vous auquel il attribuait tout ce qu'il remar-

quait d'extraordinaire dans la conduite nouvelle de Madame Rosemore.

— » Sortez - vous ce soir ? dit
Henri avec un certain air de doute
et de curiosité.

— » Non, répondit froidement
Mme Rosemore, » et à l'instant elle
échangea un coup-d'œil, où se pei-
gnaient à-la-fois l'impatience et le
dépit, avec sa fille qui ne paraissait
pas moins agitée.

« Peut-être attendez-vous quelques visites ? continua Henri.

— » Nous n'attendons aucune visite, répondit Mme Rosemore, vous
savez que vous êtes ici notre seule
connaissance. Vous passez probablement la soirée avec Lady Almeria ?

— » Je ne le crois pas, dit Henri ;
ma mère a l'intention de venir vous

rendre une visite ce soir; me permettez-vous de vous la présenter ?

— » Non, pas ce soir, M. Milford, » reprit Mme Rosemore, qui laissa apercevoir ainsi que sa fille cette impatience inquiète, cette froide indifférence qui dénotent le désir de se débarrasser d'une société importune. Maria quitte de nouveau l'appartement. Milford voyant que Mme Rosemore gardait un silence désespérant, se leva et prit son chapeau..... Mme Rosemore ne l'engagea point à rester, ne lui demanda même pas quand il reviendrait. Ne pouvant plus alors se flatter raisonnablement de faire revivre la conversation, il prononça d'une voix forte et émue le mot. « Eh bien ! » Il prit ainsi congé de Mme Rosemore, emportant avec lui la conviction que les opi-

nions de sa mère et de Sir Arthur
sur ces dames, étaient entièrement
fondées, et il se promit bien de ne
plus avoir de relations ultérieures
avec celles qui avaient été naguère
l'objet exclusif de ses hommages et
de ses soins assidus.

Il se rendit aussitôt chez Lady Almeria, et lui fit part du silence que
Mme Rosemore avait gardé avec
une si grande opiniâtreté au sujet
du fameux rendez-vous, et du refus
formel de la mère de recevoir la visite de sa Seigneurie. On se doute
facilement que Lady Almeria fit tous
ses efforts pour affermir Henri dans
ses nouvelles résolutions. Son départ
fut aussitôt arrêté, ne voulant pas
s'exposer à voir s'accomplir sous ses
yeux les perfides projets de Mademoiselle Rosemore; l'idée seule du

triomphe du baronnet, le jetait dans le plus profond désespoir. L'esprit entièrement préoccupé du désir de tirer vengeance d'une conduite aussi odieuse, il se rendit précipitamment dans son appartement pour écrire une lettre qui piquât jusqu'au vif la coquette insensible, lui prouvât qu'il avait clairement vu sa trahison, et qu'il n'avait pas été un seul instant la dupe de ses artifices. Son intention était d'appuyer fortement sur le rendez-vous qu'elle avait accordé à Sir Arthur, et à lui exprimer, dans les termes les plus forts, que cette conduite était d'autant plus heureuse qu'elle avait employé plus d'artifice à l'envelopper de ténèbres.

Malgré ces transports de jalousie et ces projets de vengeance, qui étaient puissamment combattus par l'amour qui régnait encore au fond du cœur de Henri, la lettre qu'il méditait avait moins pour but de faire une querelle à Mlle Rosemore que d'obtenir d'elle, s'il était possible, une espèce d'apologie de son inexplicable conduite, et quelques éclaircissemens sur le mystère qui avait couvert ses actions de la matinée ; mais par-dessus tout il voulait savoir si le rendez-vous projeté avait eu lieu..... ou s'il n'était qu'une intrigue ourdie par Sir Arthur..... ou si la jeune fille avait été amenée par d'habiles maneuvres à lui envoyer la réponse qu'elle lui avait faite.... Enfin, dans cette lettre, il voulait lui faire connaître toute la vérité, et lui annoncer sa ferme résolution de suivre les avis de ses plus anciens et de ses plus sages amis, en partant le soir même pour Londres avec Lady Almeria.

Henri conçut sa lettre en ces termes :

« Mademoiselle,

» La candeur et la sincérité sont
» inséparables d'un amour véritable.
» Depuis le moment où je vous ai
» connue, je ne vous ai pas caché
» une seule de mes actions, une seule
» de mes pensées. Vous étiez comme
» une autre moi-même, et il m'eût
» été impossible d'user envers vous
» de manéges ou d'artifices.

» Jugez maintenant, ma chère
» Maria, quels durent être mes sen-
» timens au moment où j'obtins la
» conviction que cette franchise,
» cette sincérité si précieuses, n'é-
» taient pas réciproques. Avez-vous

» pu croire, accoutumé que j'étais
» à lire sur votre figure les moindres
» émotions dont votre âme était agi-
» tée, que la contrainte et l'embar-
» ras de vos manières, votre rou-
» geur, vos yeux baissés, pussent
» échapper à la sollicitude inquiète
» d'un amant! votre disparition lors
» de mon arrivée, votre absence pro-
» longée, votre retour inopiné au
» moment où vous me croyiez sorti,
» le refus absolu de votre mère de
» recevoir la visite de Lady Almeria,
» sont des preuves évidentes et irré-
» cusables de votre inconstance, de
» votre trahison; et ce serait plus
» que folie que j'entreprisse de re-
» nouveler des relations auxquelles
» vous paraissez décidée à mettre un
» terme, tandis que je me plaisais à
» croire encore naguère qu'elles fe-

» raient le bonheur et le charme de
» ma vie entière.

» Ai-je besoin de nouvelles pro-
» testations pour vous prouver toute
» la force de mon amour ?

» Votre conduite de ce matin ne
» peut me permettre de douter qu'un
» événement extraordinaire ne soit
» la cause de notre séparation. Ce-
» pendant je pensais qu'aucune puis-
» sance au monde ne me ferait per-
» dre votre tendresse.

» Mon amour, mon dévouement,
» les sentimens aussi tendres que res-
» pectueux dont j'ai constamment
» été animé pour vous, le titre sacré
» de votre époux que j'étais sur le
» point d'obtenir, me donnent le
» droit de vous prier de me dire ce
» qui a produit votre changement
» de conduite à mon égard ? Une si

7..

» funeste résolution vous a-t-elle été
» suggérée par la raison que je soup-
» çonne, et qui me semble vraie d'a-
» près toutes les apparences ? Alors,
» je vous en conjure au nom de la
» pitié que vous ne refuserez pas à
» mon affreuse position, expliquez-
» moi comment vous avez concilié
» dans votre esprit, vos nouveaux
» procédés avec votre ancienne fa-
» çon d'agir.

» Enfin, dites-moi comment j'ai
» pu m'attirer un traitement aussi
» rigoureux ; moi dont l'affection et
» le dévouement n'auraient jamais
» connu de bornes ; moi qui croyais
» être arrivé à l'instant où mes plus
» chères espérances allaient se réa-
» liser !

» Répondez-moi, ma très chère
» amie : aurais-je eu le malheur d'of-

» fenser celle que j'adore! mon ab-
» sence forcée de ce matin a-t-elle
» pu vous blesser si profondément
» que de vous irriter à un tel point
» contre moi!

» M'avez-vous retiré si subitement
» votre tendresse pour en gratifier
» un autre! Non, cette supposition
» blesse toutes les vraisemblances,
» elle est impossible. Maria, si je
» vous écris d'une manière si inco-
» hérente, c'est que je ne suis plus
» le maître de mes pensées, de mes
» sens..... Vous possédez encore
» exclusivement mon cœur, toutes
» les facultés de mon âme..... Vous
» m'avez fait une blessure profonde...
» Un mot, un seul mot de votre
» bouche peut la guérir.

» Mais si, comme j'ai tout lieu de
» le craindre, vos nouveaux senti-

» mens ne doivent pas être attribués
» simplement au dépit d'une absence
» forcée de quelques instans, dont
» j'ai souffert autant que vous, mais
» plutôt à des causes plus sérieuses
» dont le hasard m'a dévoilé l'exis-
» tence, je vous conjure, je vous sup-
» plie, Maria, de me donner à ce
» sujet toutes les explications qui
» puissent dissiper les doutes aux-
» quels je suis en proie.

» Enfin, je vous l'avouerai, Maria,
» il m'a été fait une horrible confi-
» dence. Si elle était vraie, tous mes
» soupçons, toutes mes inquiétudes
» seraient justifiés ; mais je n'y
» ajoute pas la moindre foi, surtout
» l'ayant apprise de celui-là même
» auquel l'honneur faisait un devoir
» impérieux de la cacher..... Je crois
» inutile de m'étendre davantage sur

» ce triste sujet, que vous compren-
» drez assez s'il a quelque fonde-
» ment : mais je me plais bien plus à
» croire que c'est un fait complète-
» ment faux, et que celui qui en a
» tiré vanité a lâchement calomnié
» celle pour laquelle, s'il m'est dé-
» fendu de vivre, je saurai du moins
» mourir.

» Je finis, en vous priant de jeter
» un regard de pitié sur mon affreuse
» existence, et de penser que désor-
» mais tout espoir de bonheur m'est
» interdit, si vous ne daignez m'ac-
» corder de nouveau la liberté de
» vous rendre ma visite accoutumée,
» à sept heures. Veuillez me pardon-
» ner la hardiesse de ma lettre; veuil-
» lez excuser mes doutes et mes
» craintes.

» Agréez les vœux les plus ardens

» que fait, pour votre bonheur, le
» plus sincère, le plus dévoué des
» amans.

» H. Milford. »

Il y avait à peine une heure que
Henri avait envoyé sa lettre à Mademoiselle Rosemore, quand Philips,
le zélé Philips se présenta à la porte
de son appartement avec une lettre
à la main. En l'apercevant Milford
tressaillit de joie et d'espérance ; se
flattant qu'elle pouvait être de Maria,
il courut au devant du fidèle servi-
teur, lui arracha la précieuse missive, la décacheta précipitamment...
Mais quel fut le désespoir de cet
amant infortuné lorsqu'il reconnut
la signature de Mme Rosemore.....
seule personne qui, dans cette circonstance, pouvait raisonnablement

répondre à la lettre qu'avait reçue sa fille.

Tel en était le contenu :

« Mon cher Milford,

» Maria est trop occupée pour » vous répondre ; je vous assure que » ma fille et moi nous conservons » toujours pour vous les mêmes sen- » timens. Peut-être a-t-elle été un » peu piquée de ce que ce matin vous » avez paru l'oublier, mais je vous » prie de ne plus penser à cela. Je » suis fâchée d'ajouter que nous ne » pourrons pas vous recevoir à sept » heures, nous sommes engagées.

» Croyez-moi votre véritable
» A. R. »

Cette lettre fut le coup de grâce pour Henri, qui s'écria avec l'accent d'une profonde douleur : « Quoi ! Maria trouve le temps d'écrire à Sir

Arthur, et refuse de me répondre...»
La coïncidence de l'heure à laquelle
Mesdames Rosemore disaient être
engagées avec celle fixée pour le
rendez-vous, augmenta encore les
perplexités de son esprit ; et lorsqu'il
se la rappelait il était disposé à croire
qu'il ne devait plus se flatter d'aucune espérance.

Le dépit et l'indignation de Henri
étaient d'autant plus grands qu'il lui
était plus difficile de trouver le motif
qui pouvait porter Mme Rosemore à
sacrifier la certitude d'une alliance
honorable et distinguée avec un
jeune homme, héritier présomptif
d'une pairie, au vain et honteux agrément d'une intrigue avec un libertin
de profession, déjà engagé dans les
liens du mariage.

Il faut l'avouer, cette incohérence

de la conduite de Mesdames Rosemore était bien faite pour jeter l'esprit de Henri en des doutes et des
embarras inextricables, et dans ce
moment il devait s'estimer réellement comme très heureux de l'arrivée inattendue de sa mère, qui met-
tait une fin à cet état insupportable
d'incertitude et de fluctuation, et
l'arrachait comme par miracle du
précipice où il était entraîné par son
inexpérience et sa trop grande confiance en des femmes artificieuses.

Les angoisses qui déchiraient l'âme
de Henri étaient encore augmentées
par la gaîté déplacée et l'air triomphant de sa mère et de Sir Arthur;
supplice cruel, auquel il faut ajouter
l'assentiment continuel de Mademoiselle Leech, qui n'avait jamais paru

plus détestable aux yeux de Henri que dans cette circonstance.

Quoique le baronnet fût certain du succès de son entreprise hardie, ce n'était pas encore assez pour lui ; il voulait, pour compléter son triomphe, y ajouter un scandaleux éclat. « Vous ne serez pas fâché, dit-il au jeune homme, d'avoir l'occasion de voir vos dames ; je vous l'offre avec empressement, et même cette soirée perdrait à mes yeux la plus grande partie de ses agrémens, si je n'espérais vous y rencontrer. Je vous enverrai en temps opportun une invitation de vous réunir à notre petit comité ; tenez-vous donc prêt à vous y rendre immédiatement ; alors vous acquerrez la preuve complète, la seule qui manque à mon triomphe, de toute la noirceur de la conduite de Mesdames Rosemore à votre égard. Du reste, ne soyez pas étonné de voir combien les dames se feront peu de scrupule de paraître ce qu'elles sont réellement.

Cette proposition paraissait excellente au baronnet, qui, non content de jouir par anticipation d'une victoire éclatante, voulait que son jeune antagoniste pût juger par ses propres yeux de toute la dépravation des dames Rosemore. Il ajouta qu'il donnait rendez-vous à Henri chez Lady Almeria, qui l'avait invité à souper, et là le jeune amant apprendrait, en outre, de sa bouche le résultat de son importante entrevue avec l'aimable Maria Rosemore.

Cependant le moment critique approchait..... l'heure de l'entrevue allait sonner, et Lady Almeria et

Mlle Leech, cédant à leur curiosité
inquiète, se rendirent dans la galerie dépendante de leur appartement
et qui communiquait à celle où le
brillant Sir Arthur avait rendez-
vous. Milford dans ce moment, retiré dans sa chambre qui avoisinait
l'appartement de Madame Rosemore,
gémissait sur la perversité des femmes, tandis que le baronnet prenait
le plus grand soin de donner un air
de négligence aux nœuds de sa
cravate.

Cette importante opération se ter-
minait lorsque l'horloge de l'hôtel
Impérial sonna 7 heures.

CHAPITRE VII.

L'HEURE du rendez-vous venait à peine de sonner, que Dartford se glissait doucement dans la galerie où il devait rencontrer la jeune personne qui avait répondu avec tant d'ingénuité à l'aimable lettre qui, sans doute, avait produit sur elle une bien vive impression. Jamais triomphe ne lui parut plus assuré. Déjà il a fait quelques pas dans la galerie avec précaution, car il est presque nuit, et il ne serait pas impossible qu'au lieu de rencontrer Mlle Rosemore, qu'il n'a d'ailleurs jamais vue, le hasard menât dans ce lieu ou Mlle Squarh,

ou Mlle Wagstaffe, ou Lady Lucy
Dawdle. Sept heures et un quart
sonnent ; le plus grand silence règne
dans la galerie : à un jour douteux a
succédé une obscurité presque complète. Lui aurait-on tendu quelque
piége ? Aurait-il été choisi par ces
dames comme une brillante victime
offerte en expiation à la réputation
de plusieurs personnes de leur sexe ?
Quoi donc ! lui qui depuis tant d'années s'était toujours tiré si habile-
ment de ses intrigues amoureuses,
se verrait-il le jouet de deux aventurières, et serait-il exposé par elles
à la risée de tous les habitans de
l'hôtel ? Ces idées-là prenaient un tel
empire sur l'esprit de Sir Arthur,
qu'il avait déjà fait deux ou trois pas
rétrogrades, quand une petite toux,
qui lui parut être comme un signal

encourageant, le fit arrêter tout court ; puis il dirigea sa marche vers une fenêtre placée à l'extrémité de la galerie, et il aperçut enfin, se tenant auprès de son embrasure, une jeune personne dont les traits offraient à son œil attentif une expression pleine de grâce et de douceur. Il s'inclina légèrement à sa vue, et se fiant un peu à sa bonne fortune : « Je vois, dit-il, que vous êtes exacte, Mademoiselle Rosemore ; » puis avec une timidité feinte il avança doucement la main pour prendre la sienne ; mais l'artifice était inutile, la jeune fille laissa sans résistance sa main dans celle du baronnet.

« Je ne pouvais, Monsieur, rompre une promesse que je vous avais faite volontairement. »

Dans ce peu de mots, Sir Arthur

II   7...

vit une preuve éclatante de l'hypo-
crisie de la jeune personne; car n'a-
vait-il pas appris de Grojan qu'elle
avait témoigné de la répugnance à
lui répondre, et qu'elle ne l'avait
fait que pour se conformer à la vo-
lonté de sa mère.

« Vos paroles sont charmantes,
répondit Sir Arthur, et je regrette
de ne pouvoir exprimer convenable-
ment la reconnaissance dont je suis
pénétré. Moi qui vous suis étranger,
me montrer un tel intérêt !

— » Quoique je ne me souvienne
pas de vous avoir jamais vu auparavant, répondit Maria; cependant votre nom ne m'est point inconnu.

— » C'est cela, Mademoiselle Rosemore, dit gaîment le baronnet;
c'est à ma réputation que je dois
l'honneur d'être connu de vous. On

m'aura dépeint sans doute comme un homme coupable de mille folies, de mille extravagances. De grâce! que ce portrait un peu chargé ne vous donne pas une mauvaise opinion du plus sincère de vos adorateurs.

— » Si je m'étais laissé prévenir contre vous, dit Maria, je crois que vous pouvez aisément supposer que je ne serais pas ici.

— » Vous avez raison, répliqua Sir Arthur, et je mérite d'être puni comme un incrédule. Jamais, je ne saurais trop le répéter, je ne montrerai assez de reconnaissance pour l'extrême bonté avec laquelle vous avez accueilli ma demande. Mais dites-moi, Mademoiselle Rosemore, il y a dans votre existence un mystère qui..... Votre mère, fort respectable d'ailleurs, vit dans une telle retraite que.....

— » Excusez-moi, Sir Arthur, dit Maria, je ne saurais répondre à vos questions ; il ne me convient pas de discuter le mérite de mes parens.

— » Mille pardons, s'écria Sir Arthur (en pressant la main que lui abandonnait la jeune fille, et s'imaginant que *l'innocente* Maria le trouvait assez ridicule de perdre le temps précieux d'un tête-à-tête à discourir sur des objets indifférens), je croyais simplement que peut - être votre père.....

— » Ne m'en parlez point, dit Maria ; je ne l'ai jamais connu.

— » Est-il donc mort ? dit Sir Arthur, impatient de satisfaire sa curiosité sur le compte des dames Rosemore.

— » Mort pour moi, dit Maria.

— » Mort ou vivant, dit Sir Arthur, un homme assez dénaturé pour abandonner ainsi une créature aussi angélique, devait être..... Mais vous tremblez, Mademoiselle Rosemore ; seriez-vous malade ?

— » Non, Monsieur, dit Maria ; mais vous parlez de l'isolement dans lequel nous vivons en termes qui me font souffrir.

— » Peut-être aussi récapitulez-vous maintenant tous les crimes qui me sont imputés ?

— » Je n'ai point ouï-dire que vous fussiez coupable de quelque crime, dit Mlle Rosemore. On vous reproche quelques fautes que je vous pardonnerais volontiers.

— » Des fautes ! dit Dartford un peu surpris du ton dogmatique que

prenait la jeune personne ; mais quelles sont-elles mes fautes, Mademoiselle Rosemore ? et comment se fait-
il que vous soyez si bien instruite ?

— » Ce sont des fautes, dit Maria en soupirant profondément, que
notre sexe regarde presque comme
des crimes.

— » Si je vous en faisais l'aveu,
dit Sir Arthur, entreprendriez-vous
ma conversion ?

— » Je crois que je pourrais me
charger de cette tâche, dit Maria (et
il sembla au baronnet que la main de
la jeune personne pressait involontairement la sienne).

— » Vraiment ! dit Sir Arthur
surpris de ce mélange de délicatesse
et de hardiesse , de réserve timide
et d'intérêt qu'il remarquait dans la
conduite de la jeune personne.

— » Voulez-vous me faire une promesse? dit Maria (et ses yeux brillans se fixèrent sur la figure animée du baronnet).

— » Tout ce que vous voudrez, dit Sir Arthur étonné du triomphe croissant de son entreprise.

— » J'éprouve un intérêt, un intérêt profond pour tout ce qui vous concerne, dit Maria en s'appuyant sur le baronnet.

— » Suis-je donc si heureux? dit Dartford (et il sentit de nouveau sa main pressée par celle de la douce Maria).

— » J'avoue, dit Maria..... (et elle s'arrêta là).

— » Mais, dit Sir Arthur (qui, bien qu'il fût alors un peu ému, était un trop vieux soldat pour se rendre à discrétion), vous avez déjà un amant, Mademoiselle Rosemore ?

— » Vous le connaissez ?

— » Ne se nomme-t-il pas Milford ?

— » C'est vrai ; j'avoue que j'éprouve pour lui de l'affection.

— » Vraiment ?

— » Oui ; mais je n'en éprouve pas moins pour vous un bien vif, un bien sincère intérêt. »

Dans ce moment Sir Arthur fut tenté de croire que Maria était ou la plus impudente, ou la plus innocente de toutes les créatures, et il lui dit d'un ton moitié sérieux, moitié plaisant : « Quoi ! vous aimeriez deux hommes à la fois, Mademoiselle Rosemore ?

— » Sans difficulté, répondit Maria ; et dans ce moment je ne balance pas à vous répéter que j'éprouve pour vous un vif intérêt, un intérêt sincère. »

Ici des larmes abondantes ne lui permirent pas de continuer. Le baronnet était saisi d'étonnement : c'étaient bien des larmes, des larmes véritables ; il les sentit couler sur sa main lorsqu'il l'étendit pour soutenir la jeune fille près de s'évanouir. L'art n'imite point ainsi la douleur.

« Bon Dieu ! s'écria-t-il, vous sentiriez-vous mal, Mademoiselle Rosemore ?

— » Il faut que je vous quitte, répondit Maria ; je suis trop faible pour soutenir plus long-temps une pareille scène.

— » Parlez, parlez ! s'écria Sir Arthur : ne me quittez pas de cette manière. Vous avez été trop loin, charmante fille, pour vous rétracter maintenant. Non, vous ne sauriez me quitter sans me donner quelque gage, quelque assurance que nous nous reverrons..... Je ne puis vous quitter ainsi.

— » Vraiment il faut nous séparer, dit Maria, s'efforçant de se dégager de ses bras.

— Eh ! bien, dit Sir Arthur en détachant du bras gauche de Maria un médaillon qui était fixé à un de ses bracelets, je garderai ce portrait, il adoucira l'amertume de l'absence.»

Elle n'opposa pas la moindre résistance à l'action de Sir Arthur, qui, maître du portrait qu'il venait de conquérir si facilement, voulut savoir sur-le-champ si l'artiste n'était point resté au-dessous de son modèle; il ouvrit donc la boîte précipitamment, et arrêta ses yeux sur le portrait.

Mais à peine l'eut-il fixé, que la flamme de l'amour qui avait animé ses yeux s'éteignit ; ils n'exprimaient plus que l'horreur ; ses joues devinrent pâles, ses dents s'entrechoquèrent..... Il resta quelques momens comme s'il était paralysé.

« Que vois-je ? s'écria-t-il d'une voix qui exprimait la douleur et l'effroi ; de quelle personne est-ce là le portrait ?

— » C'est le portrait de ma meilleure amie sur la terre, répondit Maria en bégayant.

— » Où l'avez-vous trouvé ? qui vous l'a donné ? s'écria Dartford en proie à la plus violente agitation.

— » Elle-même, dit Maria.

— » Répondez-moi, répondez-

moi, je vous en conjure, jeune fille!
s'écria le baronnet, qui paraissait
frappé de terreur..... à qui ce portrait? qu'est-ce que cela veut dire?

— » Je ne puis, je ne saurais vous
le dire maintenant, dit Maria.

— » Parlez, parlez, je vous en
conjure! Par pitié, par grâce, dites-
moi de quelle personne c'est là le
portrait.

— » De ma mère! » s'écria la
jeune fille avec la plus vive émotion,
et tout-à-coup elle disparut de sa présence.

« De sa mère! » se dit Dartford à
lui-même, rêvant comme rêvent les
hommes quand il leur arrive quelque
accident terrible ou qu'ils en sont
menacés, et livré à mille appréhensions cruelles. « Sa mère! grand Dieu!
sa mère!..... Serait-ce un songe, ou

bien aurais-je cessé de vivre? Quoi!
cette jeune fille abandonnée, dont
j'ai entaché la réputation, calomnié
la vertu, que je voulais dépouiller de
son innocence; cette jeune fille est
l'enfant de cette femme exposée aussi
et sans défense à tous les périls de la
vie! Quel chemin a-t-elle pris? où
est-elle? où la trouverai-je?..... Maria!..... Maria!..... parlez! »

Dans ce moment Milford, qui,
comme Lady Almeria, s'était placé
à une petite distance du lieu de la
scène, fut frappé de terreur en en-
tendant des sanglots que poussait
Maria, et les cris du baronnet lui-
même. Peu après, plusieurs portes
s'ouvrirent et se fermèrent avec violence, et ce bruit extraordinaire,
joint aux accents de frayeur et de
douleur qui étaient parvenus jusqu'à

lui, redoubla son effroi. Hors de lui, et tremblant que quelque événement terrible ne fût arrivé, il sortit de sa chambre pour porter du secours à sa chère Maria, s'il était nécessaire; mais lorsqu'il arriva sur le lieu de la scène, Sir Arthur Dartford le quittait précipitamment pour s'élancer dans l'appartement de Mme Rosemore. Il tira la porte sur lui avec tant de violence et d'impétuosité, que l'étonnement du jeune homme fut inexprimable.

Son premier mouvement fut de se précipiter sur les pas du baronnet; mais était-il probable que ses services fussent agréables à ces dames, elles qui le matin même avaient refusé de recevoir sa visite, tandis qu'elles avaient répondu de la manière la plus gracieuse à la demande

très inconvenante, selon lui, de l'en-
treprenant Sir Arthur? Ces réflexions
modérèrent un peu son ardeur; il se
flatta d'ailleurs que la visite du ba-
rônnet chez les dames Rosemore ne
serait pas de longue durée, après la
scène tumultueuse qui venait de se
passer presque sous ses yeux; et,
soutenu par cette espérance, il at-
tendit assez tranquillement dans la
galerie la sortie du baronnet. Cependant cinq minutes s'étaient déjà
écoulées, et Sir Arthur ne paraissait
point; cinq autres minutes s'écoulè-
rent encore, et point de nouvelles
de Sir Arthur. Milford perdit alors
toute patience, et comme ç'eût été
d'ailleurs jouer un sot personnage
que de rester plus long-temps, il
dirigea ses pas vers son appartement,
bien convaincu maintenant de la jus-

tesse des soupçons de sa mère con-
cernant les Rosemores, et résolu à
accompagner sa Seigneurie à Londres, où elle devait se rendre le lendemain matin; résolution, au reste,
qui, si elle n'était pas prise alors dé-
finitivement, cessa d'être incertaine
quand, passant près de l'appartement
de Mme Rosemore, dans lequel s'é-
tait renfermé Sir Arthur, il entendit
de bruyans éclats de rire causés par
une joie désordonnée.

Saisi de la plus violente indignation, Henri précipita sa marche et se
rendit au salon de Lady Almeria, où
il trouva sa Seigneurie et Mlle Leech
qui paraissaient attendre dans la plus
grande anxiété des nouvelles de la
scène de la galerie. L'altération des
traits de Henri était frappante lorsqu'il parut dans la chambre de sa

mère, et à peine y fut-il entré que celle-ci s'écria : « Bon Dieu, Henri, que vous êtes pâle ! seriez-vous malade ?

— » Je ne me sens pas bien, répondit Henri.

— » Comme il a mauvaise mine ! s'écria sa Seigneurie..... Ne trouvez-vous pas, Leech ?

— » Il a vraiment la figure d'un mort, Milady, répondit Leech.

— » Prenez quelque chose, mon enfant, dit Lady Almeria.

— » Oui, prenez, Monsieur Milford, dit Mlle Leech.

— » Non, non, dit Henri ; je me trouverai mieux tout-à-l'heure.

— » Un peu d'eau, dit Lady Almeria.

— » Du vin et de l'eau, dit Leech.

— » Non, non, dit Milford.

— » De la corne de cerf, dit Lady Almeria.

— » De l'eau de Cologne, s'écria Mlle Leech.

— » Non, non, ma chère mère, dit Henri; ces remèdes sont inutiles, ma maladie est incurable.

— » Vous êtes donc convaincu maintenant, dit Lady Almeria, par ce que vous avez vu, que nos soupçons étaient fondés ?

— » Je suis convaincu, répliqua-t-il, par ce que je viens de voir, que je suis condamné à être le plus malheureux des hommes.

— » Elle est venue au rendez-vous? demanda sa Seigneurie. (Demande que répéta littéralement Mlle Leech.)

— » Oui, répondit Milford.

— » Elle l'a bien reçu? ajouta Lady Almeria.

— » Tendrement? dit Mlle Leech.

— » Je ne puis vous dire quel accueil il a reçu, dit Henri ; mais ils ne se sont point quittés, car il l'a suivie dans l'appartement de sa mère. Je croyais qu'il ne resterait pas long-temps· chez Mme Rosemore, mais ma supposition s'est trouvée fausse ; je suis resté plus de dix minutes dans la galerie à attendre sa sortie, mais en vain..... Je suis tout-à-fait désabusé... Je vois clairement qu'on s'est joué de moi, et lui il triomphe comme à l'ordinaire.

— » Cet événement vous prouve, Henri, dit Lady Almeria, que les jeunes gens ne sauraient être trop réservés, trop circonspects. Vous, par exemple, vous auriez exposé votre vie pour ces femmes-là, si le baronnet ne vous avait garanti de ce danger.

— » Danger ! s'écria Milford ; j'aurais mieux aimé qu'il me passât une balle au travers du corps ce matin, que de vivre maintenant que mes plus chères espérances sont détruites.

— » Loin d'en vouloir à Sir Arthur, ajouta Lady Almeria, il me semble que vous lui devez des remercîmens..... N'est-ce pas, Leech?

— » Une reconnaissance éternelle, dit Mlle Leech.

— » Des remercîmens ! s'écria Henri, pour m'avoir ravi le bonheur.

— » Pour vous avoir empêché de tomber dans un abîme de misère.

— » De misère éternelle, Monsieur Henri, dit Leech. »

Cependant, au milieu de cette conversation dont chaque mot était un coup de poignard pour le malheureux Henri, l'espérance, cette fidèle compagne de l'homme, se glissa encore dans le cœur de Milford ; elle ranima peu à peu ses forces défaillantes, en lui suggérant l'idée que la conduite des Rosemores, à l'égard de Sir Arthur, n'était que le résultat d'un plan combiné de manière à encourager la présomption naturelle du baronnet. Au reste, il était d'autant plus excusable en ne repoussant pas cette idée, qu'elle ne pouvait lui promettre de longues illusions, puisque le baronnet avait promis de se rendre chez sa mère après sa visite aux dames Rosemore, et que lui, Henri, était déterminé à l'y attendre.

A peine avait-il pris cette résolution, que le brillant baronnet fit son entrée dans le salon de Lady Almeria. Son front était rayonnant de plaisir; mais comme la conversation ne roula pendant quelques minutes que sur des sujets généraux, Henri ne put commander plus long-temps à son impatience, et demanda à Sir Arthur, d'une voix dont l'altération trahissait l'état de son âme, s'il avait reçu un accueil aussi aimable que celui dont il se flattait.

» Assurément, dit Sir Arthur.

— » Réellement? dit Lady Almeria emphatiquement.

— » Vraiment? dit Mlle Leech sur le même ton.

— » J'avoue franchement, dit Sir Arthur, que je dois rougir des succès que j'ai obtenus dans cette occasion.

— » Permettez-moi, Sir Arthur, dit Lady Almeria, de douter de la véracité de cette assertion. Si vous aviez réussi comme vous le dites, j'ai trop bonne opinion de vous pour croire que vous en fissiez l'aveu.

— » En me supposant cette réserve, vous ne feriez que rendre justice à ma façon d'agir ordinaire. Mais dans cette aventure, que je n'ai recherchée que pour empêcher cet ingrat jeune homme de courir à sa perte, ne voilà-t-il pas qu'il m'arrive une affaire inconcevable qui sort de toutes les règles des événemens ordinaires de la vie !

— » Quelque abomination ! dit Lady Almeria.

— » Bon Dieu ! dit Mlle Leech en soupirant.

— » Le seul embarras que j'éprouve, dit Sir Arthur, ne provient que d'une double inclination que j'ai inspirée à peu près au même degré à la mère et à la fille.

— » N'avez-vous point de honte, Sir Arthur, dit le jeune homme, de tenir des discours aussi révoltans ?

— » Quelle monstruosité ! s'écria Lady Almeria.

— » Quelle horreur ! dit Mlle Leech.

— » Sur l'honneur, rien n'est plus vrai, continua Dartford d'un ton sérieux et solennel dont Henri lui-même fut frappé ; et pour vous montrer que le bonheur de mes amis, Lady Almeria, m'est au moins aussi cher que le mien, j'ai fait choix de.... la mère.

— » Et à qui, Monsieur, dit Milford rouge de colère, vous proposez-vous de donner la fille?

— » Mais à celui, mon cher Milford, qui s'est déclaré son adorateur, dit le baronnet d'un ton affectueux.

— » Vous vous oubliez, Monsieur, dit Henri ; ce n'est point ici le lieu que vous auriez dû choisir pour m'insulter.

— » Mais, mon cher ami, dit Dartford, je n'ai point les intentions que vous me supposez, et de la vie je n'ai parlé plus sérieusement qu'à présent.

— » Comment, Monsieur, dit Milford, me croyez-vous assez bas, assez vil, assez méprisable pour accepter une proposition que, ce me semble, vous auriez dû vous abstenir de faire devant ces dames ?

II   8...

— » Je vous assure, Milford, dit Sir Arthur, que je ne crois pas avoir parlé contre la bienséance. Vraiment, Lady Almeria, je tiens beaucoup à votre opinion ; dites-moi si, par mégarde, le reproche qui m'est adressé est tant soit peu fondé ; je m'en rapporte entièrement à votre décision.

— » Hum ! dit sa Seigneurie.

— » Hem ! dit Mlle Leech.

— » A tout événement, dit Henri, et sans nous occuper davantage de ce qu'on pourrait trouver de repréhensible dans vos discours, je vous déclare qu'étant redevable à vous seul de la victoire que vous venez de remporter, je crois de toute justice que seul vous en recueilliez les avantages, et pour moi.....

— » C'est fort bien raisonner,

dit Sir Arthur d'un ton très grave.

— » Mais puisque vous vous êtes si miraculeusement impatronisé dans la famille Rosemore, dit Henri, vous me permettrez de vous choisir pour leur annoncer que je suis fermement résolu à n'avoir jamais la moindre relation avec elles, et en même temps je suis bien aise que vous sachiez que si j'apprends que vous ayez eu recours à des manœuvres artificieuses pour amener une rupture entre les dames Rosemore et moi, je....

— » Si vous avez été trompé, Milford, répondit Sir Arthur, je vous assure que ce n'est pas par moi; et pour vous convaincre que vous m'inspirez un véritable intérêt, je vous offre en compensation de la perte cruelle que vous venez de faire (pourvu toutefois que Lady Almeria

ne mette point d'obstacle à ma proposition), je vous offre pour femme
une jeune personne qui ne le cède
en rien, en talens, en vertus, en qualités du corps et de l'esprit, à Maria
Rosemore elle-même; je vous offre
enfin la main de ma propre fille.

— » Sir Arthur! s'écrièrent à la
fois Milford, Lady Almeria et Mlle
Leech.

— » Je parle sérieusement, Lady
Almeria, dit Sir Arthur, et peut-
être votre fils fera-t-il plus d'attention à mon offre quand j'ajouterai
que ma fille éprouve pour lui de l'a-
mour, et que Maria Rosemore n'a
rien tant à cœur que d'être certaine
que son union avec ma fille est décidée.

— » Qu'est-ce que cela signifie?
dit Lady Almeria.

— » Ne dites-vous pas, dit Milford, que Maria Rosemore serait bien
aise que j'épousasse votre fille que je
n'ai jamais vue ?

— » Vue ! s'écria Sir Arthur ; vous
l'avez vue mille fois ; bien plus, vous
éprouvez pour elle la même tendresse
qu'elle ressent pour vous.....

— » Miséricorde ! dit Lady Almeria.

— » Dieu nous soit en aide ! s'é-
cria Mlle Leech.

— » Tout ce que je vous dis,
Milford, est la vérité, l'exacte vérité, dit le baronnet. Votre conduite
dans toute cette affaire a été honorable, excellente, et vous la méritez.

— » Qui ? s'écria Milford.

— » Ma fille, dit Sir Arthur. Me
donnez-vous la permission, Lady
Almeria, de vous la présenter ?

— » Sans doute, dit sa Seigneurie. »

Sir Arthur se leva à ces paroles, fit quelques pas vers la porte, l'ouvrit, et offrit aux regards surpris de la famille, Maria Rosemore.

La pauvre enfant perdit tellement la tête dans cette circonstance, qu'elle courut involontairement vers Henri, qui, aussi peu maître de lui-même, lui tendit les bras. Lady Almeria, qui ne comprenait encore rien à cette scène, se leva de son siége, et allait s'avancer vers le baronnet pour lui demander une explication, lorsqu'il la prévint en lui présentant une dame fort belle, à la vue de laquelle sa Seigneurie tressaillit comme si elle voyait un spectre.

« Lady Dartford! s'écria-t-elle. »

C'était elle en effet. La scène de-

vint des plus touchantes ; Lady Dartford, à moitié évanouie, tomba à
genoux auprès de son mari, dont elle
baisa la main en l'approchant de ses
lèvres ; tandis que Maria, dont l'émotion avait toujours été croissant depuis qu'elle était réunie à Henri,
perdait connaissance, et était soutenue par son jeune amant.

Ce fut au milieu de cette scène pa-
thétique que la porte s'ouvrit et que
Mathieu Grojan entra dans la chambre. Quand il vit les dames éva-
nouies, doucement appuyées sur les
messieurs qui leur prodiguaient leurs
soins, sa surprise fut extrême, et il
aurait volontiers récusé le témoignage de ses yeux ; mais enfin, cédant
à l'évidence, il poussa un profond
gémissement, qui fut suivi presqu'aussitôt de cette éloquente apos-
trophe :

« Mesdames et Messieurs! bonnes gens! excellentes gens! oh! de grâce, n'oubliez pas que c'est ici l'hôtel Impérial..... que.....

— » Je me souviendrai bientôt de tout ce que vous voudrez, dit Sir Arthur; mais, pour le moment, gardez le silence, honnête Grojan, nous ne saurions commander à nos sentimens.

— » Cela est pourtant nécessaire, Sir Arthur, dit Mathieu; » et se tournant vers Mlle Rosemore, dont la tête était encore appuyée sur l'épaule de Milford : « Venez, Mademoiselle, dit-il, venez; à quoi bon sortir pour faire de semblables choses? Dieu! Dieu! comme tout cela blesse mes principes!

— » Vous verrez bientôt, Monsieur Grojan, dit Mlle Leech, qu'il

ne se passe rien ici qui doive alarmer
votre susceptibilité inquiète (paroles
indépendantes qui sans doute lui furent inspirées par cette scène atten-
drissante).

— » Sans aucun doute, Mademoiselle Leech, dit sa Seigneurie avec
aigreur; mais je ne vois pas où était la
nécessité de donner une explication
au maître de l'hôtel, Mademoiselle.

— » Pas la moindre nécessité, Milady, dit Leech, qui dans ce moment
aurait voulu être à vingt pieds sous
terre.

— » Pouvais-je m'attendre à un
aussi grand bonheur? dit Lady Dartford.

— » Je ne suis pas moins surpris
que vous pouvez l'être de voir des
choses si étranges, dit Grojan.

— » Quelle puissance sur la terre

pourrait maintenant nous séparer?
s'écria le baronnet en serrant tendrement dans ses bras sa femme et sa
fille.

—» Oh! pour Dieu! dit Grojan du
ton le plus lamentable, réfléchissez
un peu à ce que vous faites, Sir Arthur.

— » Maintenant, Lady Almeria,
dit Milford, dont la figure exprimait
alors la joie la plus vive, oserais-je
vous prier de.....

— » Mon cher enfant, dit Lady
Almeria, l'heureux événement qui
nous a tous surpris si agréablement
a produit dans mes projets une révo-
lution subite que vous avez dû pré-
voir, et si Lady Dartford et Sir Arthur voient d'un œil favorable les
sentimens que vous éprouvez pour
leur aimable fille, je.....

— » Lady Dartford ! s'écria Grojan, dont ce seul mot fit évanouir
toutes les appréhensions, et lui causa
la joie la plus vive; c'est là Lady
Dartford! Que n'ai-je su plus tôt la
vérité! elle m'eût épargné bien des
inquiétudes.

— » Que j'ai des torts à me reprocher! s'écria Sir Arthur; et.....

— » Ne troublons point notre
bonheur présent par le souvenir du
passé, dit Lady Dartford. Mais l'heureux changement qui s'est opéré dans
ma situation, ne saurait me faire oublier les obligations que j'ai contrac-
tées envers ceux qui m'ont montré
un intérêt désintéressé. Recevez,
Monsieur Grojan, mes sincères remercîmens pour la conduite obli-
geante que vous avez tenue envers
moi et ma pauvre enfant. Mainte-

nant vous connaissez les raisons qui m'ont engagée à agir comme je l'ai fait, et j'èspère que bien que les apparences fussent contre moi, je.....

— » Grojan ne saurait se plaindre à présent que vous ayez blessé ses principes, ajouta Sir Arthur. Je partage, au reste, l'excellente opinion que vous avez de son intégrité..... c'est un homme rare..... et maintenant qu'il ne pense plus sans doute à m'expulser de l'hôtel Impérial, je l'invite à aller faire préparer un banquet de sa façon, qui couronnera les événemens de cette journée.

— » Cela entre parfaitement dans mes principes, Sir Arthur, dit Grojan, et de ce pas je vais exécuter vos ordres. »

IMPRIMERIE DE E. CHAIGNET, A RAMBOUILLET.